고스트 프리퀀시

트리플

9

고스트 프리퀀시

TRIPLE

신종원 소설

차례

마그눔 오푸스

　　종족과 형태를 막론하고, 모든 포유류 태아는
생명의 줄기인 옴팔로스로 어머니와 연결된다. 탯줄
은 난황낭 내부에 견과류처럼 웅크려 있던 초기 태아를
생화학 주머니 바깥으로 끄집어내며, 이후 35주 동안
이 신비한 생물의 배꼽 부근에서 좀처럼 떨어지지 않
는다. 히알루론산과 콘드로이틴황산염으로 합성된 젤
라틴 재질의 끈 모양 조직체는 태아와 모체―다시 말
해, 안과 바깥을 이어주는 유일한 통로로 산소와 영양
분을 전달하는데, 이런 과정에서 때때로 어머니의 정신
과 꿈 또한 전송한다. 부드럽게 주름진 줄기 안에 두 가닥의 동맥과 한 가닥의 정맥이 흐르고 있기에. 모든 신호는 대체로 진동에 가깝다. 태아는 양전하로 부글거리는 어머니의 영적 주파수를 작은 축전기처럼 말없이 받아들인다. 수신자도 송신자도 오직 둘뿐인 통신용 터미널의 방대한 너비를 실감할 때마다 감전되어 부르르 떤다. 이 몸짓은 산부인과의들의 초음파 탐촉자에 감지되어 종종 아름다운 율동으로 해석된다. 그러나 그 모든 꿈이 반드시 즐겁고 만족스러운 경험을 주지는 않는다. 적어도 한 사람만은 그런 사실을 미리 알고 있었으리라. 지금 이 사람은 서울 모처의 자택에 누워 손자와 손을 맞잡고 있다.

1938년 음력 7월 28일생 양계진 씨에게는 작은 비밀이 있다. 아기가 찾아올 징조. 이른바 태몽은 대부분 산모들이 체험하는 희귀한 현상임에도 불구하고, 손자의 태몽을 산모 대신 꾼 것이다. 물론 설득력 있는 거짓말들이 으레 그렇듯이, 양계진 씨는 모든 사실을 비밀에 부치지는 않았으리라. 예컨대, 꿈에서 양계진 씨는 물가에서 일어난다. 지름이 넓고 각종 수생식물들로 뒤덮여 있는 모습이 습지와 비슷하다. 양계진 씨의 출

생지이자 고향이었던 경상남도 창녕군 유어면에도 유명한 늪이 있는데, 그 이름마저 세월과 함께 오염되고 부식된 나머지 얼른 떠오르지 않는다. 양계진 씨가 기억하는 것은 부친과 이따금 나룻배에 올라 뱃놀이를 갔던 사실뿐이다. 그러나 아무리 눈꺼풀을 어루만져보아도 부친의 얼굴 위에 끼어 있는 광시증을 걷어내기는 쉽지 않다. 오늘날 부친의 두상에서 이목구비를 읽어낼 수 없는 것은 노쇠한 두뇌 기능 때문일까, 종일 늪 주위에 내려앉아 있던 안개 때문일까. 알 수 없는 일이다. 이제 안개는 고향을 떠나 꿈속까지 양계진 씨를 뒤쫓아와서, 자욱한 몸집으로 사방을 가리고 있다. 양계진 씨는 공중에서 응결된 이슬 알갱이들이 뺨과 손등에 부딪혀 깨지는 감각으로 몸을 떤다. 양계진 씨는 본인의 의지와 상관없이 이미 물속으로 들어가는 중인데, 두 다리가 물웅덩이를 가로지르는 소리만이 홀로 울려 퍼진다. 처음에 발목까지 차올랐던 물은 한발 한발 앞으로 내디딜수록 점점 더 깊어진다. 양계진 씨는 어쩔 수 없이 바짓단을 접어야만 할 것이다. 그리고 바로 그때 물 밑에서 반짝이는 물고기를 보게 된다. 노란 비늘 조각들로 몸통이 덮인 이 물고기는 원자번호 79번의 어느 화학원소를 가공하여 만든 인공물처럼 눈부시게 빛난다. 양계진 씨는 무인년戊寅年에 태어나 황금 호랑이의 운세를 타고난 까닭에, 가치 있는 사냥감을 곧바로 알아볼 줄 안다. 양계진 씨에게는 꿈에서도 민첩하고 자유롭게 사용할 수 있는 양손과 눈썰미가 있다. 그러니까 재빨리 물속으로 손을 집어넣지 않으면 안 된다. 물론 어설픈 낚시꾼들처럼 팔 힘만으로 어획물을 들어 올리는 실수는 하지 않을 것이다. 양계진 씨는 한 손으로는 물고기의 주둥이를, 한 손으로는 물고기의 몸통을 움켜쥐고 아래로 짓누른다. 물고기는 이리저리 물방울을 튀기며 저항하지만 얼마 지나지 않아 잠잠해질 것이다. 척추뼈를 붙잡혀 부낭에 압력이 가해진 결과, 평형 감각을 잃고 기절해버리기 때문이다. 양계진 씨는 천천히 수면 위로 물고기를 들어 올린다. 원뿔 모양의 주둥이와 한 쌍의 수염을 가진 이 물고기는 양계진 씨의 손 위에서 마침내 비단잉어로 밝혀진다. 양계진 씨는 어렵게 사로잡은 어획물을 끌어안다시피 받쳐 들 것이다. 축축한 품 안에서 물고기의 무게와 몸길이가 직감으로 계측되는데, 친족들의 표준 사이즈보다 두 배가량 큰 탓이다. 게다가 이 비단잉어의 화려한 표피를 보라! 틀림없이 황매황금黃梅黃金으로 분류되는 특상품이다. 그러나 수확의 기쁨은 오래가지 않는다. 정중한 목소리 하나가 예고 없이 물가에 울려 퍼진다.

놓아주시오.

이 음성에는 습지 안쪽의 깊이, 발 닿지 않는 수심 속 어둠이 농담 짙게 배어 있다. 양계진 씨는 안개 위에 압흔처럼 새겨지는 음향학적 스크래치에 귓속 박막을 긁히는 고통으로 잠깐 얼굴을 찡그린다. 불쾌감으로 일그러진 눈썹이 두리번거리다 멈추는 곳에, 거북이 하나가 머리를 내밀고 있다. 이 파충류 동물은 양계진 씨 손에 들린 물고기와 차마 비교할 수 없을 만큼 커다랗다. 양계진 씨는 들어본 적이 있다. 어떤 동물들은 오래 살아서 영물 취급을 받다가 종래에는 신령이 되기도 한다고. 거북이는 입을 뻐끔거리며 다시 요청해 온다.

놓아주시오. 그는 용궁으로 가야 하오.

그러나 양계진 씨는 기죽지 않고 따져 물을 것이다.

이놈 주인이 따로 있다는 말씀이시오?

거북이의 등껍질이 물살에 밀려 떠오르고 가라앉는다. 이 엄숙한 움직임은 아직 드러나지 않은 거북이의 몸통 크기를 짐작하게 하는데, 제자리에 떠 있기 위한 헤엄 동작만으로 담수 위에 물결을 만드는 것이다. 거북이는 양계진 씨를 납득시킬 만한 설명들을 알고 있을지도 모른다. 그런 방법으로 양계진 씨에게서 소중한 보물을 돌려받을 수 있었을지도 모른다. 그럼에도 거북이는 여전히 너그러운 말투로 재촉할 뿐이다.

놓아주시오.

어쩌면 이 영물은 인간을 이해시키기 위해 아주 짧은 시간조차 들이고 싶지 않은 게 아닐까? 어차피 그들 입장에서 인간은 겨우 하루살이나 다름없는 존재가 아니겠는가? 차라리 민담이나 설화 속에서 등장하는 전설적인 존재들처럼 요술을 부리거나 힘을 써서 빼앗아 가도 좋을 일이다. 양계진 씨는 물 바깥으로 뒷걸음쳐 물러나며 고함친다.

이놈은 내 것이다! 내가 직접 내 손으로 잡았다! 어딜 감히 도둑질해 가려 하냐?

거북이는 줄곧 말없이 제자리에 떠 있다. 그리고 어느 고집스러운 인간이 호랑이처럼 날쌘 몸동작으로 순식간에 멀어져가는 과정을 가만히 지켜본다. 개울을 뛰어넘을 때마다 황금빛 인편이 우수수 떨어져 내린다. 이 광경은 거리가 멀어질수록 다소 부정확한 형상으로 왜곡된다. 이를테면, 용궁으로 가야 할 황금 잉어가 삐거덕거리는 인체의 양쪽 어깨뼈 안에서 흔들리는 모습이 아니라—사나운 맹수의 아가리에 붙들린 채 덜렁거리는 모습으로 관측되는 것이다. 그러니까 사실 꿈에서 양계진 씨는 사람이 아니라 그의 사주명리학적 형상:황금 호랑이였던 셈이다. 잠에서 깬 뒤, 양계진 씨는 내측 전두엽 피질에서 간지럼을 느낀다. 간밤에 일어났던 신경과학적 체험이 장기기억으로 전이되는 감각. 양계진 씨는 어둠 속에서 물기로 젖어 있는 두 손이 땀 때문인지 꿈 때문인지 쉽게 가려내지 못한다. 졸음에서 완전히 깨어나지 못한 두뇌. 양계진 씨는 아직까지 손아귀 안에서 펄떡거리는 이 무거운 비밀을 혼자만의 기억으로 묻어두기로 한다. 산모에게 태몽을 전할 때, 이야기의 많은 부품들이 탈락되거나 변형된다. 산모 가족에게 남겨지는 이야기는 결국 양계진 씨가 황금 잉어를 두 손으로 잡아 올렸다는 길조뿐이다. 본디 이 생명의 목적지는 여기에 있지 않았으며, 양계진 씨가 그것을 원래 주인으로부터 강탈해 왔다는 전사는 물속으로 가라앉는다. 이와 같은 진실은 양계진 씨와 함께 늙고

병들어갈 것이다. 양계진 씨와 함께 묻히거나 불태워질 부장품으로.

　　　몇 달 뒤, 양계진 씨는 산모의 출산 소식을 전화로 듣는다. 곧장 식구들과 함께 산부인과를 찾아가지만, 그들이 만날 수 있는 가족은 산모뿐이다. 산모는 한계에 다다른 출산 스트레스와 초과 용량의 아드레날린 때문에 관절 말단까지 마비된 나머지 가까스로 잠들어 있다. 병실 바깥으로 나가면 아들이 알려줄 것이다. 아기는 태어나자마자 병원 내에 개설된 소아 병동으로 옮겨졌다고. 양계진 씨는 식구들의 만류에도 불구하고 소아 병동을 찾아가 애걸한다. **한 번만 보게 해주시오. 만져보지 않아도 좋으니까. 이 두 눈으로 한 번만 보게 해주시오.** 인정 많은 간호사는 담당 의사에게 허락을 구한 뒤, 소아 병동 바깥으로 양계진 씨와 식구들을 안내한다. 병동 안쪽에는 양계장의 새장처럼 작은 인큐베이터들이 옹기종기 모여 있다. 흰 마스크를 쓴 간호사가 신생아 한 명을 안아 올리더니 그들 앞으로 데려온다. 아기는 끓는 물로 살균된 흰 수건에 싸여 있다. 식구들은 야트막한 두께의 유리 벽을 소리 나게 짚으면서 인사한다. **안녕, 아가야. 안녕.** 양계진 씨는 숨죽인 채 이 모습들을 지켜본다. 그리고 죽을 때까지 이 순간을 잊지 못하리라는 사실을 미리 깨닫는다. 특히 이 유리 벽. 이쪽에서 하는 말도, 저쪽에서 하는 말도 알아들을 수 없고, 다만 간단한 제스처나 우스꽝스러운 표정만이 전달될 뿐인 이 단단한 벽을 아주 오래 두려워하게 될 거라는 사실을. 거꾸로 아기는 낯선 사람 품에 안긴 상태로도 너무나도 얌전하고 조용해서, 양계진 씨는 저 생물이 아직까지 부레를 눌린 채 기절해 있는 게 아닐까 염려한다. 아니, 어쩌면 꿈에서 그 황금 잉어를 너무 세게 움켜쥔 까닭에 아직까지 고통받고 있는 건 아닐까. 그러니까 지금 이 순간, 식구들이 아기를 직접 끌어안고 만져볼 수 없는 이유가 바로 자기 자신 때문이 아닐까 두려워하는 것이다. 한 달 뒤, 아기는 탯줄이 아문 자리에 배꼽 자국이 만들어질 때쯤 퇴원 절차를 밟게 된다. 그러나 양계진 씨는 선뜻 아기에게 손을 대지 못한다. 그 어려운 시간들을 지나오면서 꿈속의 생명이 너무나도 소중하고 특별하게 태어났다는 사실을 인정하지 않을 수 없던 것이다. 마침내 아기가 겨우 기어 다니기 시작한 무렵에, 양계진 씨는 잠든 아기 옆에 앉아 간신히 손가락 하나를 내밀어볼 수 있을 것이다. 아기

는 새근새근 코로 숨을 쉬고 있다. 양계진 씨는 조그맣
세 말아 쥔 손바닥 안에 손가락을 넣어본다. 그러자 아
기가 있는 힘껏 그것을 붙잡고 놓아주지 않는다. 이 작
은 손에 숨겨진 악력. 믿을 수 없을 만큼 부드럽고 뜨거
운 손아귀 안에서, 모든 저주와 불화, 경악스러운 두려
움, 배신과 폭력, 유해한 악취와 더러운 이미지들, 훼손
된 우정들과 눈먼 자긍심, 경쟁과 끝나지 않는 불운, 귀
가 먹먹한 소음, 질병과 죽음 같은 것들이 모두—삽시
간에 우그러뜨려진다.

　　　양계진 씨는 불치병을 앓는 중이다. 하루하루—
두뇌 안에 살아 있는 운동뉴런의 수가 급격하게 줄어
든다. 이 무시무시한 질병은 처음 그 증상을 기술한 신
경과 의사에게서 이름을 따왔다. 파킨슨병 : 퇴락한 운
동신경의 징후들이 신체 부위를 가리지 않고 나타난다.
손 떨림과 근육 강직, 평형감각 상실…… 양계진 씨는
실감한다. 정신이 돌아오는 매 순간마다. 영구적인 기
능 정지 상태로 다가가고 있다는 사실. 하루에도 수 번
씩 찾아오는 신경과학적 암전 증상은 점점 더 길어진
다. 점점 더 잦아진다. 의식의 초점, 다른 말로 주의력

을 놓칠 때마다 짧게는 10분에서 길게는 몇 시간이 금방 지나버리는 것이다. 영혼이 잠시 육신을 떠나 있는 것만 같은, 임사 체험의 순간들이다. 죽음은 흡사 중력처럼 까마득한 외부의 필드로 양계진 씨의 영혼을 끌어당긴다. 이 장난기 많은 손은 이미 수명이 다한 영혼들을 한껏 그러쥐었다가 다시 놓아주는 방식으로 자기 힘을 과시할 줄 안다. 그러므로 놀이는 얼마든지 반복되리라. 죽음의 위기로부터 가까스로 빠져나온 영혼들이 거듭 붙잡혔다가 풀려난 끝에 ― 스스로 깨달을 때까지. 자기 목숨이 걸려 있는 이 항정신성 투쟁들이 모두 하나의 익살에 지나지 않는다는 사실을. 이들은 순식간에 무기력해져서 다시 한번 삶으로 돌아가기 위한 갖은 노력들을 다 그만둔다. 무시무시한 실망감 속에서 생전의 욕망들은 물론, 사랑하는 가족들의 얼굴마저 하나하나 잊혀진다. 자애로운 죽음은 적시에 나타나서 이 불행한 영혼을 마침내 끌고 갈 것이다. 영원히. 파킨슨병을 진단받은 이후, 양계진 씨는 벌써 312번째 현실로 돌아오며 혼자 속삭인다. 스스로를 다독이듯이. 누구에게도 들리지 않게, 조용히.

안 된다. 아직 안 간다.

어둠 속으로 끌려갈 때마다 양계진 씨가 알맞은 장소로 돌아올 수 있는 것은 어떤 불빛 때문이다. 제3뇌실의 후부—사구 수조 안에 들어 있는 솔방울 모양의 내분비기관은 24시간 등대처럼 불이 밝혀져 있기에. 쌀한 톨만 한 크기의 회적색 휘광을 내뿜으며 양계진 씨의 영혼을 부르는 것이다. 많은 시간을 누워서 보내는 환자들은 골격근의 기능 저하로 곧잘 고통받는다. 그러나 드물게 어떤 환자들은 장기와 장기 주위에 줄기져 있는 체내 근육들을 세밀하게 조절할 수 있는 능력을 얻는다. 몇 달 내내 자택에만 머무르며 요양한 끝에, 양계진 씨는 두뇌 안의 여러 공간들에 접속하는 권한을 누린다. 특히 두개골 정수리 부근에 함몰된 작은 구멍속에서 투명한 각막을 찾아낸다. 두정골공 안에 웅크려 있는 이 시각기관은 벌써 오래전에 퇴화했을 뿐 아니라—칼슘과 인, 불소 침착물로 상당 부분 석회화되어 있다. 양계진 씨는 두정안 각막 위에 끼어 있는 뇌모래들을 후후 불어서 굴려 떨어뜨린다. 그러고 나면 이 수수께끼의 눈을 내시경 스코프처럼 쓸 수 있을지도 모를 일이다. 양계진 씨는 보게 되리라. 중뇌 흑질의 활성부위 안에서 힘겹게 깜빡이는 불빛들. 뇌신경 세포들은 생합성된 도파민을 수시로 교환하는데, 그와 같은 스파크 하나하나가 정보의 흐름이다. 다르게 말하자면, 말들이 다니는 길. 양계진 씨의 경우, 이런 길목들이 자주 끊어져 있다. 따라서 완전히 어두운 영역들이 곳곳에서 관찰된다. 도시 지하층에 조성된 카타콤처럼─오목하고 널찍하게 파여 있는 그늘들. 기억과 정신의 무덤들. 한 가지 목소리가 바닥에서 솟아오른다.

놓아주시오.

그럴까? 그냥 놓아버릴까? 양계진 씨는 익숙한 목소리에 손쉽게 주의를 빼앗긴다. 그리하여 현실로부터 313번째 쫓겨나는 동안─본인의 영혼을 끌어당기는 손을 처음으로 알아보고 만다. 사실 그것은 손이 아니라 거대한 발가락이다. 양계진 씨는 주위에 작용하는 힘들 : 부력과 압력, 냉기와 같은 징조들을 살갗으로 읽어내며 깨닫는다. 한 가지 꿈. 1992년 어느 겨울, 양계진 씨는 이름 모를 늪에 발을 들인 적이 있다. 그렇다면 오늘은 양계진 씨가 수십 년 전에 저지른 도둑질의 죗값을 치르는 날인가? 거북이는 배면 아래 돌출된 짧은 발로 양계진 씨를 단단히 움켜쥐고 있다. 물속으로 한참이나 끌려간 끝에, 양계진 씨가 다다르는 곳은 거대한 화강암 기둥들 앞이다. 한참 전에 수몰된 석조 인공물들은 충격이나 압력에 의해 머리가 눌려 예외 없이 안쪽으로 기울어져 있다. 어딘가 공손히 절을 올리는 자세로 영영 석화되어버린 백관들처럼. 거북이는 이들 사이로 말없이 헤엄친다. 엄숙한 길목은 수중 궁전이 모두 내려다보이는 자리와 곧장 이어져 있다. 거북이는 양계진 씨를 돌계단 앞에 내려놓고 물러난다. 습지의 주인은 빛바랜 황금 옥좌 안에 앉아 양계진 씨를 내려다보고 있다. 팔걸이 위에 한쪽 팔꿈치를 올려놓은 모습으로. 저마다 반지가 끼워진 손가락뼈들이 불안정한 각도로 비뚤어진 턱을 떠받치고 있다. 양계진 씨는 얼마 남지 않은 주인의 얼굴 가죽에서 무료함과 지루함을 곧바로 읽어낸다. 실제로 거무스름한 이끼류 식물들이 위팔 관절을 따라 자라 있다. 양계진 씨에게 황금 잉어를 빼앗긴 이후—주인은 무려 30년이 넘는 세월을 부동자세로 앉아 있었던 것이다. 주인은 눈꺼풀 없이도 30년 전의 도둑을 알아본다. 다 늙은 황금 호랑이 한 마리. 주인은 침묵을 먹고 자란 식물 뿌리들을 직접 입술에서 떼어내며 말한다.

그래, 훔쳐 간 것을 돌려주러 왔느냐?

황금 호랑이는 질식사의 위기 속에서 가까스로 입을 연다.

돌려줄 수 없소.

주인의 텅 빈 눈 뼈 안에서 거품 몇 방울이 빠져 나온다. 아마도 아직까지 비강 점막이 남아 있었더라면 코웃음을 쳤을 것이다. 실제로 주인은 언짢음을 마음껏 드러낼 수 있는 위치에 있다. 그러나 주인은 불편한 의사를 섣불리 겉으로 전시하지 않을 것이다. 한 가지 전략 : 주인은 아직까지 양계진 씨를 설득할 수 있다고 믿는다.

지금이라도 돌려준다면 죄를 묻지 않겠다.

양계진 씨는 오래된 전설 하나를 알고 있다. 그 케케묵은 이야기의 제목이 별주부전이었던가. 양계진 씨에게는 토끼에 버금가는 꾀는 없지만 뱃심이 있다. 황금 호랑이는 산소 고갈로 고통받는 가운데—어눌한 발음으로 말한다.

지금은 가지고 있지 않소.

점점 눈이 침침해지고 팔다리에서 힘이 빠져나간다.

돌려보내 주시오. 그러면 다음에 가지고 오겠소.

주인은 팔걸이 밑으로 늘어뜨린 반대쪽 손으로 양계진 씨를 사리킨다. 길쭉하게 자라 구부러진 손톱과 힘줄 일부만이 손가락 끄트머리에 겨우 남아 있다. 그러나 섬뜩한 악력만은 부패하거나 훼손되지 않았는지 양계진 씨의 후두덮개를 손쉽게 조른다.

마땅히 그래야 한다. 저기 저 석주들처럼 망각 속에 빠뜨려버리기 전에 말이다.

주인이 위쪽으로 손가락질하자, 발밑이 흔들리며 주위가 몹시 뜨거워진다. 갑각류의 알과 같은 거품들이 순식간에 근방에서 끓어오른다. 양계진 씨는 요절박에 가까운 요의를 느끼는데, 실제 배뇨로 이어지지는 않는다. 다만 강한 부력에 의해 수면 위로 재빨리 밀려날 때 일어나는 이상감각 증세일 따름이다. 이렇게 양계진 씨는 313번째 현실로 돌아온다. 양계진 씨는 의식을 되찾은 이후에도 한참 동안 몸서리친다. 양계진 씨는 망각이 두렵다. 양계진 씨는 생명이 그의 인체에 불어넣은 정교한 로직들이 카오스에 오염되어 뒤얽히고 망가지는 것이 두렵다. 인체를 구성하는 아름다운 수와 비율들이 낱낱이 분해되는 것이 두렵다. 세상 또는 기억과 단절되는 것이 두렵다. 벌벌 떨리는 양계진 씨의 손. 이상운동질환의 징후가 아니라 순수한 공포심으로. 잠시 후, 불 꺼진 방으로 누군가 다가와 양계진 씨의 손을 잡아준다. 손자는 양계진 씨의 손에서 떨림이 멎을 때까지 손을 놓지 않을 것이다. 이후 며칠 동안 양계진 씨를 지옥에서 꺼내 오는 것은 레보도파와 아만타딘, 도파민 작용제나 항콜린성 제제 따위의 신경 약물이 아니라 손자의 목소리다. 양계진 씨는 거실 전등을 종일 끄지 못하게 한다. 특히 밤에. 그리고 손자에게 방문을 닫고 잠들지 말아달라고 부탁한다. 그리고 거의 매일 새벽 한두 시에, 그리고 네다섯 시에 한 번씩 미친 사람처럼 비명을 지른다. 손자가 안방에 와서 가장 먼저 해야 하는 일은 일단 양계진 씨를 깨우는 것이다. 그러기 전까지는 계속 소리를 지르고 몸을 뒤트는 까닭에. 잠을 깨우고 나면 청심환을 먹여야 하는데, 그러고 나면 가파른 호흡을 고르고 평균 심박수를 되찾는다. 오한으로 벌벌 떠는 몸을 좀 덥혀주려고 이불을 들칠 때마다 몸을 넣는 이불보 안쪽에서 후끈한 열기가 배어 나온다. 방금까지 지옥에 있다가 가까스로 빠져나온 사람처럼. 다시 잠들기까지 필요한 시간은 보통 10분에서 20분 정도. 손자가 옆에 머물러 있는 동안 양계진 씨는 후들후들 입술을 떨며 중얼거린다.

돌려줄 수 없다. 돌려줄 수 없어.

　　양계진 씨는 손자 명의의 신한은행 계좌 앞으로 20만 원을 송금한 적이 있다. 2017년 10월의 일이다. 금액의 대부분은 도로교통공단 용인 운전면허시험장 앞으로 납입된다. 손자는 필기시험 1회, 기능시험 2회, 주행시험 1회를 평가받은 끝에 자동차운전면허증을 손에 쥐게 된다. 그리고 즉시 오토바이 타기를 그만둔다. 손자는 야마하 모터사이클에서 2015년 구입한 YZF-R3를 단골 오토바이 센터에 넘겨주고, 남은 값으로 아버지의 임플란트 비용을 댄다. 이렇게 양계진 씨의 오랜 두려움이 해소된다. 한 가지 풍경 : 사금이나 자갈 패턴이 박힌 대리석 복도. 이따금 이동식 병상이 지나다닐 때를 제외하면, 회진용 카트 하나와 사람 두셋이 지나기 좋은 너비로. 또, 예방주사나 면역주사를 맞을 때 지겹도록 맡곤 했던 소독 약품과 알코올 냄새. 절반만 갓이 덮인 백색 형광등 세트가 기복 없이 조도를 밝혀주던 모습과—그 밑으로 안내 스티커가 바다 장식처럼 다닥다닥 이어져 있던 것. 다른 무엇보다도, 망할 놈의 유리 벽! 양계진 씨는 아직까지 서울성모병원 부속 소아 병동의 어느 치료실을 기억하기에. 손자가 다시 한번 그와 같은 유리 벽 안으로 들어가는 모습을 지켜볼 수 없다. 오토바이 타는 사내들의 사고 소식을 전해 들을 때마다―손자의 신체 부위가 하나씩 유리 벽 안으로 옮겨진다. 아가야, 내가 너를 어떻게 잡아 왔는데. 파킨슨병으로 감퇴된 운동 기능은 꿈에서도 오류 없이 반영되기에. 양계진 씨는 두려웠던 것이다. 아가야, 너를 잃으면 이제 다시는 널 잡아 올 수 없어. 나에게는 이제 그런 힘이 없어. 그러니까 양계진 씨가 손자에게 운전면허시험 응시료를 핑계로 용돈 얼마를 쥐여주었던 것은 완곡한 부탁이었던 셈이다.

　　손자가 양계진 씨의 소원을 들어주었으므로, 이제는 양계진 씨의 손자의 소원을 하나 들어주어야만 한다. 이제 양계진 씨에게는 시간이 얼마 남지 않았기 때문에. 손자는 양계진 씨가 고향을 꼭 한번 방문해야 한다고 설득한다. 양계진 씨는 이십대에 혼례를 올리고 상경한 이후―단 한 번도 창녕에 내려가지 않았다. 단둘이 병원에 다녀오던 어느 오후, 손자는 넌지시 물은 적이 있다. 약국에서 건네받은 종이봉투를 소리 나지

않게 감추며,

할머니는 가족들이 보고 싶지 않아요?

손자는 팔과 어깨를 기울여 양계진 씨를 반쯤 끌어안은 자세로 내내 걷고 있었다. 화재나 강풍, 각종 전자기파와 복사열로부터 어느 굼뜬 몸뚱이를 보호하듯이. 사실 손자가 가려주고 싶은 종류의 손상은 시간뿐이리라. 시간이 조모의 얼마 남지 않은 근육 신경을 더는 깨물지 못하도록. 그것은 실제로 효과가 있어서, 담당의 앞에서도 좀처럼 풀어지지 않았던 파킨슨병의 대표 증상:무표정이 손자 앞에서는 종종 아무렇지도 않게 무너져 내리곤 했다.

무슨 가족들? 가족들 다 여기 안 있나.

손자는 침을 한 번 삼키고 이어 말한다.

엄마, 아빠, 동생들 있잖아요.

양계진 씨는 돌연 분노에 휩싸여 소리친다.

다 죽었다. 벌써 다 죽고 없다!

그러나 이런 말들은 손자를 서운하게 하거나 입 다물게 만들지 못한다. 손자가 느끼는 감정은 짜증이나 답답함이 아니라 슬픔뿐일 것이다. 과장된 분노로 찌푸려지는 얼굴. 짧은 시간에 지나지 않는 이 외과적 신호

속에서 — 손자는 알아낼 것이다. 회한으로 그늘진 주름 자국들. 그것은 아마도 손자 또한 충분히 나이 들었기 때문이리라. 물론 양계진 씨는 죽을 때까지 손자를 아기로 오해하겠지만. 물론 손자는 이처럼 왜곡된 관점도 줄곧 지켜줄 것이다.

할머니, 내가 면허 따면 같이 차 타고 여행 가기로 했는데. 기억나요?

도로 바깥에서 자동차들이 지나다닌다. 양계진 씨는 대답한다.

그럼, 기억나지. 할머니가 면허 따라고 용돈도 줬잖아.

그러자 손자는 팔을 들어 멀리 동네 입구를 가리킨다. 그곳은 가장 작은 단위로 구분된 시내 행정구역이 끝나는 곳, 전통시장 앞으로 나 있는 2차선 도로가 거대한 교통 흐름에 합류하는 곳, 요철 없이 편평한 지면 위의 직선과 낡은 건물들 사이에 보이지 않게 숨어 있는 직각들이 맞닿으며 경계를 만들어내는 곳이다. 한쪽 팔을 어깨높이까지 들어 올리는 동작 : 손자는 가동 범위가 좁은 약식 운동만으로 어느 작은 세상의 지름을 구할 줄 안다. 그러니까 손자가 가리키는 것은 정확한 명칭을 가진 장소가 아니다. 구체적인 수치로 나타 낼 수 있는 위상학적 좌표가 아니다. 그것은 차라리 아 주 추상적인 목표 : 양계진 씨가 알고 있는 세상이 끝나 는 자리다. 원시 안경에게 도움받지 않고도 손자와 같 은 곳을 바라볼 수 있을까? 양계진 씨는 턱뼈를 들고 후 두부를 뒤로 기울인다. 노안으로 학습된 자연 교정 운 동. 그러나 그 장소에 가 닿기 위해 필요한 감각은 시력 이 아니라 기억력이다. 손자는 양계진 씨의 두뇌 회백 질 아래 웅크려 있던 늪지 어귀로 찾아와 물가를 두드 린다.

그럼 주말에 같이 창녕에 가요.

손자의 말은 늪지 위로 돌멩이처럼 건너가면서 물수제비 자국을 남긴다. 양계진 씨의 눈앞에 창백한 안개가 다시 한번 차오른다.

창녕으로 내려가는 차 안에서, 양계진 씨는 잠 들지 않기 위해 시종일관 애쓴다. 고향에 가까워지면 가까워질수록 꿈속에서 경험했던 고통들이 점점 더 높 은 비트레이트로 전달되어오기 때문이다. 꿈은 양계 진 씨와 기억을 연결하면서 — 둘 사이에 매장되어 있던 신경학적 케이블 안으로도 신경전달물질들이 흘러들게 만든다. 낡은 두뇌가 점점 더 무거워지는 정보량을 감당하지 못한 결과, 양계진 씨는 맥없이 꿈속으로 끌려간다. 창녕으로 내려가는 세 시간 37분 길이의 여정 : 333킬로미터에 다다르는 국토를 뛰어넘는 동안, 양계진 씨는 열다섯 번이나 거북이에게 붙잡힌다. 파킨슨병으로 인한 신경쇠약 또한 말기에 다다라, 양계진 씨에게는 달아날 체력도 근력도 남아 있지 않다. 양계진 씨의 사주명리학적 형상 : 황금 호랑이는 이빨도 신경도 다 잃어버린 나머지 저절로 늘어지는 아래턱조차 똑바로 들어 올리지 못한다. 이 맹수에게 남은 것은 아직까지 빛을 잃지 않은 가죽뿐으로, 화려한 껍데기만이 한때의 기백과 담력만을 무늬처럼 간직하고 있다. 용왕은 벌써 수십 번이나 물었던 질문을 다시 한번 내려놓는다. 언제나처럼 똑같이 팔걸이 위에 팔을 기대고 앉은 자세로. 질리지도 않고.

그래, 이번에는 내 것을 가져왔느냐?

용왕은 지루하기 짝이 없는 문답을 앞으로도 얼마든지 더 주고받아도 좋을 것이다. 이 무궁한 존재에게 시간은 아무런 의미도 없기 때문이다. 그러니까 용왕이 조급한 마음으로 자꾸 양계진 씨를 자기 앞으로 불러들이는 이유는 양계진 씨에게 있다. 이 고집스러운 생물이 죽음을 맞기까지 ─ 시간이 얼마 남지 않았기 때문이다.

어서 말해라. 내가 너를 저 어둠 속에 처박아버려도 좋으냐?

안타깝게도 황금 호랑이는 내세의 육체 앞으로 찾아온 온갖 퇴행성 질환들을 그대로 앓고 있다. 손 떨림과 근육 강직, 평형감각 상실에 더해 어눌한 발음과 무표정까지. 그럼에도 느릿느릿 잇몸을 부딪치며 오물거리는데, 입 모양을 읽으면 아래와 같이 들을 수 있다.

놓아주시오.

창녕에서 손자와 양계진 씨를 기다리는 것은 침묵뿐이다. 한때 양계진 씨의 일가붙이들이 어울려 살았던 고가는 대문이 굳게 잠긴 채 썩어가고 있다. 방치된 사유지를 허름하게 둘러싸고 있는 담장은 옛날 기준으로나 높게 쌓은 것이다. 약간의 악력과 다리 힘만 있다면 누구든지 건너다닐 수 있을 것이다. 그러나 양계진 씨는 담벼락 앞에서 불안한 걸음걸이로 어슬렁거리는 손자에게 고개를 저어 보일 것이다. 그들이 거슬러 올라가볼 수 있는 기억은 여기까지다. 마지막으로 대문 뒤에 빗장나무를 가로질러 넣었던 손을 생각해보기. 양계진 씨는 물론이고, 서로 다른 지역으로 흩어진 일가붙이들이 언젠가 돌아올 줄 알았더라면 — 이 문은 지금도 열려 있었을 것이다. 안쪽에서 잠기지 않았을 것이다. 지금 이 문을 발로 차서 넘어뜨리거나 비밀스러운 방법으로 우회하지 않는 것은 집안사람들에 대한 일말의 예절 때문이다. 지금 이 문이 양계진 씨 앞에서 저절로 열리거나 주술 장치처럼 말을 걸어오지 않는 것은 양계진 씨가 바깥 사람이 되어버렸기 때문이다. 영원히, 영원히. 그래서 양계진 씨는 문을 밀거나 열어보려는 시도조차 하지 않고 그냥 떠나버린다.

결국 50년이 지난 지금까지 양계진 씨가 다가갈 수 있는 기억은 야외의 노지뿐이다. 정확히는 늪지. 양계진 씨는 물가에 풀썩 주저앉는다. 이윽고 손자가 다가와 옆에 앉는다. 양계진 씨는 늪지 어귀에 정박해 있는 편백나무 조각배들을 건너다본다. 한때는 짐배, 나룻배, 고기잡이배로 운행되었던 이 배들도 늪지 어귀의 다른 고택들처럼 썩어가고 있다. 양계진 씨는 손자의 무릎을 두드리며 윗몸을 앞뒤로 가볍게 흔든다. 이 율동은 오래된 기억을 불러오기 위한 시동 동작으로, 이렇게 까마득한 과거 시제의 리듬 하나가 근육 신경에 찾아온다.

내가 어렸을 때, 우리 아버지가 나룻배를 태워주곤 했다.

손자는 조용히 앉아서 이야기 듣는다.

성질 고약한 아저씨가 여기만 오면 고분고분해져서 참 좋았다.

노를 젓는 아버지. 나룻배가 앞으로 떠밀려 갈 때마다 양계진 씨의 윗몸이 흔들리곤 했다.

그래, 내가 많이 못되게 굴었다.

양계진 씨는 놀라서 재빨리 옆자리를 쳐다본다. 그러니까 양계진 씨 옆으로 다가와 앉은 사람은 사실 손자가 아니라 죽은 아버지다. 짧은 시간, 양계진 씨는 퇴행성 뇌질환의 모든 병증으로부터 놓여난다. 물가에 비친 양계진 씨의 얼굴은 이미 많은 시간을 거슬러 올라가 있다. 신경쇠약으로 경직되거나 영영 마비된 안면 근육들 위로 유년기의 징후들이 다시 한번 내려앉는다. 치기나 숫기, 의기와 같은 젊은 영혼의 연료들이 새

붉은 혈색을 가지고 돌아온다. 지금 이 시간, 양계진 씨는 얼마든지 얼굴을 찡그려도 좋다. 짜증을 부려도, 떼를 써도 좋다. 입이 찢어지게 웃어도 좋고, 거꾸로 양쪽 눈을 늘어뜨리고 울어도 좋다. 아버지는 삶에서 그랬던 것처럼 다정하게 머리를 쓰다듬거나 등을 토닥여줄 것이다.

마지막으로 아비랑 뱃놀이 한번 가겠어?

양계진 씨가 고개를 끄덕이면, 아버지는 큰딸과 손을 잡고 나루터로 걸을 것이다. 목책에 묶인 뱃줄을 능숙하게 풀어 헤칠 것이고, 물가에 서서 발목 힘만으로 나룻배를 멀리 밀어낼 것이다. 아버지는 노질을 하며 구성지게 노래를 부른다. 옛날 선비들이 지은 한시에 나름대로 음을 붙인 것이다. 뱃마루 위에서 아버지와 양계진 씨는 서로를 마주 보고 있다. 아버지가 물밑에서 노를 걷어 올릴 때마다 양계진 씨의 윗몸이 흔들린다. 양계진 씨는 꿈을 꾸는 것 같다. 하지만 꿈을 꾸는 것 같다고 말하지 않는다. 어떤 꿈들은 입 밖에 내는 순간 사라져버리기 때문이다. 아버지는 노래를 멈추더니 느닷없이 이야기 하나를 들려준다.

너 모르지? 네 태몽을 아비가 꾸었다.

나룻배 옆에서 참나무 노가 올라온다.

꿈에 해가 나왔다. 아주 밝고, 뜨겁게 잘 익은 해였다.

나룻배 옆에서 참나무 노가 올라온다.

모두가 해를 탐냈다. 한데 아무도 해를 가지지 못했다.

나룻배 옆에서 참나무 노가 올라온다.

그래서 아비가 해를 가지기로 했다.

나룻배 옆에서 참나무 노가 올라온다.

아비는 꿈에서 개였다. 하얀 개. 아무래도 경술년 庚戌年에 태어나 그런 건지.

나룻배 옆에서 참나무 노가 올라온다.

아비는 해를 물고 달아났다. 천하야 어두워지든지 말든지. 괘념하지 않았다.

나룻배 옆에서 참나무 노가 올라온다.

그러고 나서 얼마 뒤에 네가 찾아왔다. 그래, 네가 바로 해였다.

나룻배 옆에서 참나무 노가 올라온다.

아비가 해를 물고 달아나지 않았더라면, 우리는 만날 수가 없었을 것이다.

양계진 씨는 아버지에게 말한다.

아버지, 나는 꿈에서 황금 잉어를 훔쳤어요.

나룻배 옆에서 참나무 노가 올라온다.

이제 주인이 다시 자기 것을 돌려달라고 해요. 어떻게 하면 좋아요?

아버지가 대답한다.

태몽은 산모가 꾸는 게 아니라 으뜸으로 배짱 있는 식구가 꾸는 것이다.

나룻배 옆에서 참나무 노가 올라온다.

이제 그만 돌려주어라.

나룻배 옆에서 참나무 노가 올라온다.

너 이미 세상에서 최고 값진 보물을 가지고 있지 않으냐?

서울로 올라가는 차 안에서 양계진 씨는 또다시 꿈을 꾼다. 그러나 이번 꿈은 조금 다른 부분에서 시작된다. 거북이에게 끌려가는 상태로 시작하지 않고, 처음 황금 잉어를 잡았던 바로 그 물가에서 시작한다. 양계진 씨는 30년 전에 그랬던 것처럼 똑같이 물속으로 걸어 들어간다. 처음에는 발, 그다음에는 종아리, 그다음에는 허리까지. 몸이 점점 더 깊숙이 가라앉는다. 한편, 체중은 한층 가벼워진다. 그것은 습지에 서식하는 온갖 종류의 미소 생물과 식성 좋은 박테리아들이 양계진 씨의 몸을 남김없이 뜯어 먹기 때문이다. 습지 밑바닥에 수장된 유기 침전물들과 합성 슬러지를 부패시키는 힘은 언제나 시간에서 나오기에. 사물은 시간에 의해 분해되면서 화학적 그림자를 자기 주위에 남긴다. 오늘날 이것은 공학자들 사이에서 메탄으로 일컬어진다. 늪지대 이탄층에 머무르며 살아가는 혐기성균류들은 마침내 양계진 씨의 시간마저 먹어치울 것이다. 정신과 영혼에서 노화의 흔적들을 벗겨낼 것이다. 혐기성 소화 과정 끝에 양계진 씨는 육체를 남김없이 여의게 된다. 끝끝내 양계진 씨의 몫으로 남아 있는 것은 작은 알맹이뿐이다. 쌀 한 톨만 한 크기의 솔방울 모양 조직체. 이 수수께끼의 내분비기관은 심령학자들과 오컬트 마니아들 사이에서 종종 영혼의 눈으로 여겨진다던데. 양계진 씨는 자동 점등 장치처럼 맥동하며 깜빡이는 두뇌 장기를 조명 삼아 앞으로 나아간다.

양계진 씨는 용궁 입구에서 졸음과 싸우며 보초를 서고 있는 거북이와 만난다. 거북이는 양계진 씨를 곧바로 알아본다. 그러나 이 영물의 이목구비 어디에서도 놀라움이나 반가움은 찾아 보이지 않는다. 어쩌면 이 나이 많은 짐승은 너무 오랜 세월을 살아온 나머지 그런 감정들조차 다 잊어버린 게 아닐까? 거북이의 눈에서 읽어낼 수 있는 징후는 백내장의 전조 증상뿐이다. 수정체 아래 백탁처럼 늘어져 있는 세월의 그늘은 머지않아 모든 광선을 예외 없이 안개 속으로 끌고 갈 것이다. 영구적인 실명 상태에 이른 다음에도, 이 충직한 파충류는 여전히 주인을 잘 섬길 수 있을까? 어쩌면 지상에 빼앗긴 보화들을 알아보고 되찾아오는 데 필요한 감식안은 눈 뼈가 아니라 머리뼈 안에 숨어 있을지도 모를 일이다. 그러니까 지금 거북이가 말없이 양계진 씨를 안내하는 것은 양계진 씨가 가져온 보물을 기억으로 알아보았기 때문이리라. 이렇게 양계진 씨는 처음으로 끌려가지 않고 자기 발로 용왕 앞에 찾아온다.

그래, 이번에는 내 것을 가져왔느냐?

육체를 잃은 양계진 씨는 목소리만으로 용왕에게 대답한다.

당신이 잃어버린 특상품을 가져왔소.

그런 다음, 양계진 씨가 꺼내어놓는 것은 빛이

다. 부드럽게 가공된 보석처럼, 가금류의 총배설강을 갓 빠져나온 달걀처럼─삭고 아름다운 태양. 까마득한 과거에 하얀 개 앞으로 빼앗겼던 보물이다. 아버지가 주인에게서 물고 달아났던 보물이다. 이 희귀한 물체는 양계진 씨의 목소리가 들리는 공간을 비집고 나와 바닥으로 굴러떨어진다.

이것을 가지시고.

양계진 씨의 목소리에서 점점 울림이 줄어든다.

내가 가져간 보물일랑 이제 그만 잊어주시오.

수중 궁전을 떠받치는 모든 구조물의 곡률이 조금씩 안쪽으로 구부러진다. 백여 년 전에 빼앗긴 어느 귀중한 보물을 좀 더 자세히 들여다보려고. 용왕은 자리에서 스스로 몸을 일으킬 것이다. 옥좌 바닥의 반듯한 엉덩이 받침을 닮아 평평하게 짓뭉개진 꼬리뼈와 볼깃살로부터 한 줌뿐인 지체와 덕망을 모두 털어낼 것이다. 그리고 탄식하며 이렇게 중얼거릴 것이다.

걸작이로구나.

어둠 속으로 저물어가는 영혼에게 조금만 더 시간을 줄 수 있을까? 얼마나 더? 하나의 목소리가 10포인트 크기의 커서 단추를 오른쪽으로 밀고 있는 한 계속. 가늘고 흰 손가락 열 개가 기계식 키보드의 자판 걸쇠를 두드리는 한 계속. 손자는 자기 손가락을 싫어한다. 어렸을 때 친구들에게 자주 놀림을 사기도 했다. 손이 유령처럼 투명하고 가늘다는 이유였다. 하루는 놀이터 모래로 두꺼비집을 만들고 한참이나 손을 숨긴 적이 있다. 적당히 더럽히고 망가뜨리면 평범한 손이 될 거라고 생각했다. 날이 지면서 아이들이 하나둘 집으로 돌아갈 때도 손자는 여전히 놀이터에 남았다. 막상 손을 빼서 보면 못생긴 손이 돼 있을까 봐 무서웠던 걸까? 저녁이 되자 주위에 누구도 남아 있지 않게 된다. 손자는 울기 시작한다. 울음은 좀처럼 그칠 줄 모른다. 얼마지나 누군가 손자를 찾는다. 목소리와 가까워질수록 슬프고 초조한 기분이 손자에게 찾아온다. 양계진 씨는 천천히 걸어와 손자의 등 뒤에 앉는다. 물론 그대로 안아 올리고 집으로 돌아갈 수도 있었다. 어쩌면 그게 더 간편한 방법이었을 것이다. 그러나 양계진 씨는 그러지 않는다. 대신 조금 더 어려운 길로 간다.

너는 원래 잉어였다.

양계진 씨는 손자가 직접 쌓은 두꺼비집 안으로

두 손을 집어넣는다.

내가 너를 잡아 왔다.

모래 더미 안에서 손자의 손을 찾아 붙잡고, 작은 생물처럼 살며시 말아 쥔다.

바로 이렇게.

양계진 씨는 집으로 돌아와 손자의 손을 씻길 것이다. 그리고 이렇게 말할 것이다.

손이 이렇게 예뻐서 어디 벌레나 제대로 잡겠나?

20여 년 후에, 손자가 잡는 것은 벌레나 물고기 따위가 아니라 조모의 손이다. 차에서 내릴 때, 양계진 씨는 손자에게 부축 받아 가까스로 몸을 일으켜 세운다. 7월 하순의 여름 뙤약볕이 양계진 씨의 머리 위로 내리쬔다. 직사광선이 얼마 남지도 않은 조모의 근육 신경을 말려 죽이기 전에, 손자는 팔순 넘은 육신을 재빨리 아파트 현관으로 옮긴다. 승강기가 내려오기를 기다리며, 둘은 말없이 더위를 식힌다. 좀처럼 가라앉을 줄 모르는 열기로 자꾸 땀 흘리는 손자와 달리, 양계진 씨의 체온은 천천히—그러나 끊임없이 내려간다. 아래로, 아래로. 양계진 씨가 수백 번 넘게 다녀왔던 지하 세계까지. 익숙한 냉기가 후두와 기도를 넘어와 복장까지 닿을 때, 양계진 씨는 깨달을 것이다. 자기 몸 안에서 어떤 온기가 영영 사라져버렸음을. 말없이 조용히. 그래서 손자는 그런 사실을 영영 알 수 없을 것이다. 손자의 유령 같은 손은 양계진 씨가 잃어버린 태양을 주워다 돌려줄 수 없을 것이다. 하나하나가 하얗고 가느다란 그 손가락들은 승강기를 붙잡는 데나 쓸모 있을 따름이다.

승강기가 손자와 양계진 씨 앞에 도착한다. 내부는 비어 있다. 손자는 먼저 승강기에 오른다. 그러지 않으면 이 육중한 기계장치의 문이 금방 닫혀버리기 때문이다. 승강기의 열림 상태를 고정하고 있는 손. 손자는 다른 손으로 조모를 부른다. 그러나 양계진 씨는 다가가지 못한다. 둘 사이에 보이지 않는 벽이 다시 한번 나타나는 것 같다. 양계진 씨는 힘겹게 숨을 몰아쉬며 양손을 내려다본다. 한때 무궁한 존재로부터 생명을 훔쳐냈었던 바로 그 손을!

가까운 미래에 어느 배짱 있는 사람은 태몽을 꾸게 될까? 그가 꿈에서 훔치게 될 보물은 무엇일까? 그전에, 그의 사주명리학적 형상은 보물을 훔치기에 적합한 도구를 가지고 있을까? 그래야만 할 것이다. 이렇게 어느 노인이 자기 손으로 제 보물을 알맞은 자리에 돌려놓기 때문에. 그가 만물의 주인들로부터 빼앗아 와야 하는 생명은 다가갈 수 없이 밝고, 만질 수 없이 뜨거운 태양의 모습으로 하늘에 매달려 있을 것이기에.

다만 우리가 생명뿐 아니라 죽음마저도 훔칠 수 있다면 좋을 텐데. 지금 내 옆에서 시들어가고 있는 신경 다발들을 두 손으로 붙잡을 수 있다면 좋을 텐데. 혈관 장애와 인슐린 부족으로 시종일관 부풀어 있는 두 손에서 손 떨림과 근육 강직, 운동완서를 다 쫓아낼 수 있다면 좋을 텐데. 손가락 열 개를 펼쳐놓고 어느 한 부위도 차마 접지 못하는 손이 있다. 기계식 키보드 위에서 끊임없이 춤추는 투명하고 가느다란 손가락들이 있다. 이 모든 움직임을 그만두길 주저하는 손이 있다.

이제 그 손은 이곳을 빠져나가고 있다.

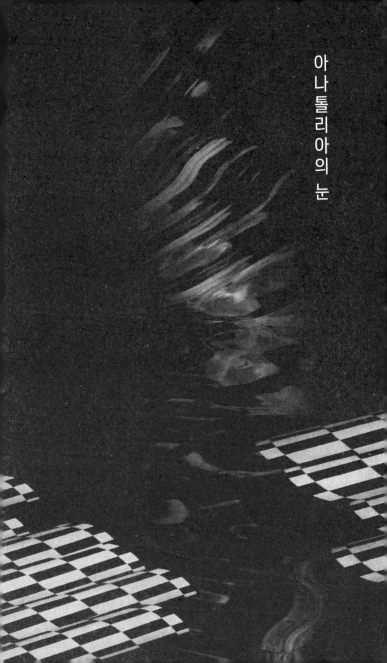

아나톨리아의 눈

    1) 소설가는 실제 보드게임의 공용 장비인 구각뿔 주사위 두 개를 반드시 사용할 것.

    2) 텍스트는 주사위를 굴려 나온 합 : 0~99 사이의 값만큼만 전진할 수 있다.

    3) 주사위를 굴리는 횟수는 열 번으로 제한하는데, 열 개의 평면 픽션을 새로운 십면체 주사위의 눈으로 구부려 접기 위함이다.

    4) 위의 세 가지 게임 규칙은 석촌동에 거주하는 게임 기자이자 보드게임 마스터 이명규의 마스터링 아래 협의되었다.

[2]

하나의 음악으로 첫 번째 이야기를 시작하도록 해요. 프레데리크 프랑수아 쇼팽은 1833년 아홉 번째 작품을 출판해요. 이 연주곡 안에는 각각 내림나단조, 내림마장조 그리고 나장조로 작곡된 세 개의 소품이 포함되어 있지요. 특히 가운데 소품은 한 폴란드인 피아니스트의 손에서 완성될 스물한 개의 녹턴Nocturnes 중 가장 큰 명성을 얻고 마는데―그것은 어느 인적 없는 골목에서 춤추는 유령 무용수의 발목이 다섯 개의 수평선과 네 개의 공백 집합 안에 비끄러매여 있기 때문이에요. 따라서 모든 피아노 연주자는 녹턴 2번을 공연할 때마다 열 손가락을 쉬르 레 푸앵트* 동작처럼 꼿꼿이 세워야만 해요. 안단테 빠르기로 나무 건반 위를 건너갈 때 필요한 힘은 손끝이 아니라 발끝에서 나오기에. 3박자의 무곡 : 왈츠 리듬에 맞추어 사뿐사뿐 춤추는 연주자들의 손. 하나, 둘, 셋. 크루아제 드방 ↘, 카트리엠 드방 ↑, 메카르테 드방 ↗. 하나, 둘, 셋.

* 쉬르 레 푸앵트sur les pointe : 발레에서 발가락 끝으로 선 자세.

　　물론 쇼팽은 녹턴을 처음 작곡한 사람은 아니에요. 게다가 1831년 파리에 방문하기 전까지 — 이 전도유망한 청년에게 야상곡은 저녁 파티용 연주곡으로나 여겨졌을 거예요. 열다섯 살에 이미 첫 번째 음악을 출판한 쇼팽은 줄곧 론도와 프렐류드, 마주르카에나 관심을 기울였지요. 이들 악곡 형식들은 작곡가로 하여금 마음껏 기교를 뽐내도록 하니까요. 작은 마을에서 태어나 바르샤바에서 십대를 다 보낸 쇼팽은 어쩌면 그 전까지 녹턴을 접할 기회조차 없었는지 몰라요.

　　1829년 빈에서 처음으로 열린 연주회가 성황리에 막을 내리며, 유럽 전 지역으로 명성을 떨친 쇼팽은 연주 여행을 다니던 길에 조국이 전쟁에 휘말렸다는 소식을 전해 들어요. 1830년 겨울. 바르샤바에서 봉기한 피오트르 비소츠키의 군대와 무장 시민들은 식민지 총독으로 부임 중이던 콘스탄틴 파블로비치 대공을 도시 바깥으로 몰아내는데, 이 사건으로 러시아제국과 폴란드 입헌왕국 사이에 전쟁이 발발하지요. 이제 갓 성인이 된 쇼팽은 즉시 전장으로 달려가겠다는 편지를 부치지만, 얼마 후 가족들에게 편지를 돌려받으며 바르샤바 대신 파리행 열차 티켓을 끊어요. 특히 꼬마 쇼팽을 오

랫동안 지켜봐왔던 니콜라 쇼팽은 미리 내다보았는지
도 모르지요. 외아들이 가진 특별한 손은 비스와강 일
대에 형성된 식민해방전선이 아니라―비어 있는 악보
앞으로 가야만 한다는 사실을. 그래서 이 위대한 폴란
드인은 창백한 빛으로 내내 폐색되어 있는 오선보 위에
서 장차 온갖 종류의 침묵을 남김없이 쫓아내고 말 거
예요. 그러나 그 시간이 오기까지―그의 조국은 서로
다른 통치자들에 의해 이름이 지워진 상태로 긴 시간을
견뎌내야만 하지요.

　　이듬해 9월은 쇼팽의 파리 생활이 시작되는 기
념적인 달이에요. 거꾸로 그가 사랑하는 고향 : 바르샤
바도 같은 달에 함락당하고 말지요. 쇼팽은 10월 5일
조국이 확실한 패전을 맞은 뒤, 프랑스 국경을 넘어오
는 망명자들 사이에서 가족과 친구들을 찾기 위해 애써
요. 그러나 이 낙심한 얼굴들 사이에서 그의 눈길을 끄
는 것은 오직 검은 리본뿐이지요. 조문객들에게나 어울
리는 장례용 장신구 말이에요. 이 어두운 표지는 국토
를 집어삼킨 포화의 그림자를 나타내요. 불길 속에서
잿더미로 전락하고 마는 카지미에서 궁정과 인근 가택
들도요. 한때 그의 이웃이었던 동족들이 사후에 향하게

될 마지막 장소 또한 수많은 신화와 비유 속에서 어두운색으로 곧잘 묘사되곤 하지요. 그러니까 망명자들이 하나같이 고개를 숙이거나 가슴을 움켜쥐었던 것 아니겠어요? 검은 리본에 저마다 머리 또는 횡격막을 깊숙이 짓눌리는 통증으로 좀처럼 허리를 펴지 못하니까요. 고향을 잃은 아픔은 같은 폴란드인인 쇼팽의 영혼으로도 옮겨 가요. 그래서 그는 1832년 처음으로 파리에서 연주회를 가진 이후 성공한 음악가로 회자되던 시기조차 집 안에 틀어박힌 상태로 보내요. 바르샤바 출신의 고독한 실향민에게 위로를 주는 것은 다시 음악뿐이에요.

당시 쇼팽이 생활하던 주택 인근에는 카페 거리가 조성되어 있었어요. 쇼팽은 매일 밤마다 2층 침실까지 들려오는 피아노 연주곡을 들으며 잠들어요. 고도로 훈련된 쇼팽의 귀에, 이 음악들은 초급 애티튜드나 엉터리 자유 연주쯤으로 들렸을지도 몰라요. 간단한 칸타빌레식 지시 말로 연주자에게 모든 권한을 떠넘긴 채—이따금 나타나는 아르페지오에 겨우겨우 의지하며 긴장을 이어갈 뿐이니까요. 그러니까 이 음악들은 그동안 쇼팽이 작곡해왔던 작품들과 많이 달라요. 쇼팽은 깃털 베개에 측두엽이 눌린 상태로 머릿속에서 불화하는 아름다운 악상들과 야외의 소음을 화해시키기 위해 안간힘을 쓰지요. 나중에 그는 1층에 거주하는 집주인에게서 이름 하나를 듣게 될 거예요. 존 필드: 이 아일랜드인 작곡가는 아침 예배 또는 결혼식 때나 들을 수 있었던 중세 시대의 낡은 음악 장르를 새롭게 고쳐쓰는데, 그 흔적들은 오늘날 아래와 같이 불려요.

녹턴: 이 단어는 우리에게 익숙한 음악 장르를 일컬어요. 하지만 형용사 어미 하나를 뒤에 붙이면 전혀 다른 뜻이 되지요. 녹터널nocturnal은 일반적으로 '야행성'을 지시하고, 조금 더 기품 있는 명사와 만나면 '야간', 다시 말해 '밤에 일어나는' 모든 일을 꾸며준답니다.

존 필드의 모국인 아일랜드에는 이름난 귀신 하나가 오랫동안 구전되어 내려와요. 밴시Banshee라는 이름을 가진 이 여성 요정은 듣는 사람의 전정신경이 파손될 만큼 끔찍한 곡성을 내는 것으로 잘 알려져 있어서, 장례식이나 전쟁터에 실제로 모습을 드러내기도 하지요. 이따금 죽음이 닥치기 전에 미리 찾아오기도 하는데요. 이후 쇼팽은 자신의 아홉 번째 출판물로 녹턴을 작곡하기로 해요. 아일랜드 신화 속에서 밴시는 깊

은 밤마다 어두운 망토를 덮어쓰고 나타나는데, 존 필
드의 모국을 알게 된 뒤로 밤마다 쇼팽을 방문하는 것
은 듣기 편안한 피아노 독주곡이 아니라 불길한 징조지
요. 밴시는 쇼팽의 침실을 올려다봐요. 파리 시가지 곳
곳을 비추는 가스등 사이에 서서. 구부정한 모습으로.
아직까지 조국에 남아 있는 동족들이 차례차례 맞게 될
운명을 경고하며! 폴란드인 음악가는 저 음산한 유령
의 전언을 부정하고 눈앞에서 물리치기 위해 깃펜을 들
어요. 우리의 위대한 음악가가 어느 아일랜드 출신 작
곡가와 달리 장례식에나 어울릴 법한 장중한 음과 치열
한 트릴, 빠른 리듬으로 오선보를 밀어내는 것은 이 때
문이에요. 그러나 안타깝게도 역사는 유령의 손을 들어
주어서, 이후 150년이 지나 제3공화국이 출범하기 전
까지―수백만 명의 폴란드인 동족들이 밤의 목구멍만
큼이나 어두운 죽음 속으로 이름 없이 쓰러져가겠지요.
나중에 쇼팽은 심낭염으로 인한 심장눌림증 속에 흉통
을 호소하며 죽어요. 자그마치 스물한 개에 이르는 녹
턴을 작곡하는 사이, 너무나도 많은 밤을 눈 뜬 채로 들
이마시기 때문이지요.

　　그러니 지금 우리 앞에 놓인 녹턴을 들을 때마

다 하나의 밤을 생각하도록 합시다. 어느 폴란드인 음악가가 불안 속에 밀어내야만 했던 하나의 밤, 하나의 어둠, 하나의 끝을. 함께.

[66]

나는 최근에 흥미로운 연구 자료 하나를 찾아 읽을 수 있었다. 2018년 8월, 한국디자인학회 아카이브에 업로드된 이 텍스트의 제목은「대체부호의 문제점과 해결 방안 : 기본 아포스트로피와 기본 따옴표를 중심으로」이다. 연구 자료는 두 명의 연구자, 구자은·석재원에 의해 작성되었는데, 전자식 글쓰기 환경에서 흔히 사용되는 대체부호들을 소개하고 분석하는 내용으로 받아들여진다. 요컨대, 부정확한 부호 사용이 언어 정보를 손상시키기 쉽다는 사실은 잘 알려져 있다. 하지만, 알맞은 부호를 입력하기 위해 거쳐야만 하는 "복잡하고 번거로운 과정"들 때문에 ─ 외형 면에서 유사한 부호들이 사용자들에 의해 대신 선택받고 있는 것이 현실이다. 빠르게 자기 견해를 전달하기 위한 방법으로, 사용자들은 유니코드 표를 외우거나 응용프로그

램의 환경 설정을 손보는 절차들을 생략해버리고, 자판 위에서 접근하기 용이한 글자판을 두드리는 것이다. 이 연구 자료는 그동안 내가 읽어왔던 논문들의 범주 바깥에서 글쓰기의 문제를 바라보고 있다. 사실은 이미 그런 관점만으로도 매혹당하기에는 충분하다고 판단된다. 소설가의 입장에서, 이 텍스트를 읽을 때 가장 가까이 다가가 들여다보았던 문장부호 예시는 따옴표였다. 연구자들이 제시하고 있는 용례처럼, "큰따옴표는 글 가운데에서 직접 대화를 표시할 때, 또는 말이나 글을 직접 인용할 때 사용한다". 작은따옴표의 용례를 밝히는, 군더더기 없이 명료한 문장도 이어서 인용할 수 있겠지만, 그러지 않는다. 오늘 이 글을 쓰기 위해 필요한 문장부호는 큰따옴표 하나뿐이다. 지금은 모든 신경을 이 문장부호 앞으로 집중해야만 한다. 글쓰기의 정신을 훼손했던 한 가지 사례 때문이다.

작년 이맘때쯤 나는 어떤 학생의 입시 과외를 맡게 되었다. 학생은 부모님에게 도움받지 않고 직접 연락해 왔는데, 네이버 블로그에 걸어놓은 오픈 카카오톡 링크를 이용한 것으로 보였다. 우리는 코로나 감염을 우려해 온라인으로만 수업을 진행하기로 했다. 따라서 수업을 시작한 이래로, 나는 이 학생의 얼굴도 목소리도 모르는 상태로 숙제를 주거나 첨삭을 봐주었다. 4주 넘는 기간 동안, 내가 이 수수께끼의 수강생에 관해 아는 정보라고는 그가 00년대에 태어난 Z세대라는 것뿐이었다. 과외 학생은 숙제도 곧잘 해 왔고, 언어와 관련된 전반적인 능력도 썩 괜찮은 편이었다. 평소에 책을 많이 읽는 걸까? 물론 그가 어떤 작가를 좋아하는지, 또 어떤 책을 즐겨 읽는지 먼저 나서서 알려준 적은 한 번도 없었다. 다만 한 가지 눈에 띄는 버릇이 있었다. 대화문을 쓰거나 다른 서적들로부터 문장을 빌려 올 때마다―큰따옴표를 조금 생소한 방식으로 그렸던 것이다. 대화문이나 인용문을 시작할 때, 과외 학생은 왼쪽 큰따옴표(U+201C)로 열고 오른쪽 큰따옴표(U+201D)로 닫지 않았다. 대신 66과 뒤집힌 66, 그러니까 99를 이용했다. 많은 문필가들이 대화문을 내려앉힐 때면 본문과 떨어뜨리곤 하는데, 말하자면 타이포그래피적 관습 때문에 과외 학생만의 대체부호가 특히 더 부각되어 보였다. 깐깐한 과외 선생의 관점에서는 반드시 교정받아 마땅한 오기로 취급되었겠으나, 나는 이것을 새로운 세대의 판서 문화로 이해하기로 했다. 그러나 그들이 실기 고사 날짜에 시험장으로 들어가 원고를 작성하고 제출한 뒤―그들의 원고를 평가하게 될 심사자들은 여전히 00년대 이전 표기법에 머물러 있을 확률이 높지 않겠는가. 나는 과외 학생에게 이와 같은 사정을 설명하고, 시험을 준비하는 동안만이라도 왼쪽 큰따옴표(U+201C)와 오른쪽 큰따옴표(U+201D)를 정확하게 그려주었으면 한다고 말했다―물론 인쇄출판업 종사자들에 따르면 기본 따옴표(U+0022)만이 올바른 표기법에 해당하지만, 이 이야기는 하지 않았다―과외 학생은 투덜거리며 자기 견해를 밝혔다.

66하지만 저는 시프트를 누르기조차 귀찮은걸요.99

그래서 과외 학생의 이와 같은 대체부호 사용은 한동안 교정되지 않았던 것이다. 이후로도 나는 이 고집스러운 문필가의 손가락 끝마디뼈에 올바른 문장부호를 새겨 넣기 위해 애썼지만, 번번이 실패로 돌아가고 말았다. 심지어 과외 학생은 다음 숙제를 제출할 때 더 많은 66과 99를 나타나게 수업 시간을 괴롭게 만들었다. 그러나 나는 양보할 생각이 조금도 없었다. 기실 66과 99 사이에 가둘 수 있는 것은 67부터 98에 이르는 임의의 자연수열뿐이지 않은가. 그러나 과외 학생은 66과 99가 빠짐없이 수정되어 있는 첨삭 노트를 건넬 때마다 큰따옴표를 다시 자기 방식대로 고쳐서 돌려주었다. 나중에 우리는 점점 이 문제에 관해 어떤 대화도 나누지 않게 되었다. 과외 학생의 원고에서 설명도 없이 문법적 오류들을 지워버리기 시작한 것이다. 보통은 전자 문서를 이용해 실기 연습용 파일을 교환했기 때문에, 특별히 주의를 기울이지 않으면 원본의 어떤 부분들이 수정되었는지 알아채기조차 어려웠다. 처음 몇 주 동안 나는 수기 노트를 다루듯이 원고 곳곳에 붉은 글자 색을 입히거나 메모 기능을 이용해왔는데, 이런 흔적들이 점점 사라지면서 한 가지 변화가 찾아왔다. 과외 학생이 더 이상 잘못된 큰따옴표 표기 방식으로 원고를 더럽히지 않게 된 것이다. 이 시기에 나는 경력 많은 과외 선생들이 어떤 과정을 거치며 쌀쌀맞게 변하고 마는지를 직접 체험할 수 있었다. 이후로 과외 학생은 눈에 띄게 과묵해졌다. 그는 자기 원고에 어떤 대화문도 적지 않았다. 큰따옴표를 써야 하는 상황 자체를 회피하기 시작했던 것이다. 다행스럽게도 이 부분은 문예창작학과 입시 실기를 목적으로 하는 글쓰기 연습에 전혀 문제가 되지 않았다.

　　실기 고사가 있던 날, 나는 시험이 끝나기를 기다렸다가 과외 학생에게 연락했다. 시제는 무엇이었는지, 어떤 글을 쓰고 나왔는지, 소감은 어떤지—그런 것들을 물어보려고. 하지만 과외 학생은 메시지를 확인하고는 말없이 대화방을 떠나버렸다.

　　시간이 조금 지난 뒤, 나는 학과에서 매년 출간하는 재학생 작품집을 어렵게 구할 수 있었다. 인쇄된 페이지들을 빠르게 넘겨 보는 가운데 대화문이나 인용문이 66과 99로 처리된 문장은 좀처럼 발견되지 않았다. 대신 수록된 작품들 사이에서 대단히 기형적인 짜임새로 눈길을 끄는 작품 하나와 맞닥뜨릴 수 있었다. 비어 있는 페이지 여섯 장을 들여 완성된 이 작품에서는 단 한 줄의 진술조차 찾아볼 수 없었다. 한편, 어느 도전적인 1학년 소설 전공자의 학번과 이름만은 맨 앞장에 올바르게 기입되어 있었다. 그러니까 아무런 흔적도 없이 깨끗하게 표백된 페이지들은 의도적으로 내용이 빠진 것이다. 이 작품 어디에서도 인쇄 오류나 타이핑 씹힘 같은 어처구니없는 실수들은 발견되지 않았다. 무엇보다 성실하기 짝이 없는 근로장학생들이 그처럼 작은 부주의 때문에 피 같은 인쇄용지들을 낭비했을 것 같지도 않았다. 재학생 작품집의 모든 필자는 자기 앞으로 주어진 작품 마지막 페이지 하단부를 사진과 후기로 채워야만 하는데, 해당 요령은 이 학생에게도 예외가 아니었을 것이다. 우리가 작가의 말 따위로 불러주곤 하는 작은 글 상자. 그는 아마도 태어나 처음으로 대면하게 되었을 이 공란 안에 들뜸과 떨림을 기록하는 대신 두뇌 안의 정언명령 한 줄을 적어 넣었다. 테두리 없이 오른쪽 정렬된 이 짧은 문장에서는 일말의 아쉬움조차 읽히지 않았다. 그 내용은 다음과 같았다 : 부정확한 언어 사용으로부터 우리의 손을 지키는 방법은 아무것도 쓰지 않는 것뿐이다. 나는 어쩌면 세상에서 목소리 하나를 영영 추방해버렸다는 두려움으로 책을 닫았다. 소리 나지 않게. 천천히.

[77]

음력 7월 7일마다 우리 머리 위에서 일어나는 일 :

견우 까마귀 까치 까마귀 까치 까마귀 까치 까마귀 까치 **직녀**

까치 **견우** 까치 까마귀 까치 까마귀 까치 까마귀 **직녀** 까마귀

까치 까마귀 **견우** 까마귀 까치 까마귀 까치 **직녀** 까치 까마귀

까치 까마귀 까치 **견우** 까치 까마귀 **직녀** 까마귀 까치 까마귀

까치 까마귀 까치 까마귀 **견우 직녀** 까치 까마귀 까치 까마귀

[50]

약사법

[시행 2021. 7. 20.]

[법률 제18307호, 2021. 7. 20., 일부개정]

제50조(의약품 판매)

① 약국개설자 및 의약품판매업자는 그 약국 또는 점포 이외의 장소에서 의약품을 판매하여서는 아니 된다. 다만, 시장·군수·구청장의 승인을 받은 경우에는 예외로 한다.

② 약국개설자는 의사 또는 치과의사의 처방전에 따라 조제하는 경우 외에는 전문의약품을 판매하여서는 아니 된다. 다만, 「수의사법」에 따른 동물병원 개설자에게 보건복지부령으로 정하는 바에 따라 판매하

는 경우에는 그러하지 아니하다. 〈개정 2008. 2. 29., 2010. 1. 18.〉

③ 약국개설자는 의사 또는 치과의사의 처방전이 없이 일반의약품을 판매할 수 있다.

④ 약국개설자는 일반의약품을 판매할 때에 필요하다고 판단되면 복약지도를 할 수 있다.

낮에는 약을 조제하고 밤에는 평론을 쓰는, 친애하는 이소 선생님께.

선생님, 저는 환절기마다 도저히 글을 쓸 수 없는 상태에 이르곤 하는데요. 이 골치 아픈 만성 질병의 이름은 알레르기성비염입니다. 그런데 당최 알레르기는 어디서 오는 걸까요? 꽃가루? 집 먼지? 동물 체모? 고칼로리 음식? 피부 자극? 스트레스? 온도? 햇빛? 찬물? 추위? 더위? 낮밤? 설마 분위기도 원인이 될까요? 그나저나 재채기는 언제 멎을까요? 한 번에? 두 번째에? 세 번째에? 네 번째에? 지금이 마지막일까요? 그런데 아니었고? 계속? 처방받은 약의 이름? 경구 항히스타민? 먹으면 졸음이 오는데요? 눈 가려움과 재채기? 호전되는? 코를 푸느라 낭비한 휴지의 양? 제지용 원목에게 용서를 빌어야 할 만큼? 약효는 얼마나 지속될까요? 아침에 또 재채기 여섯 번? 이대로 에틸아민의 노예가 되고 마는 걸까요?

　　언제부터였는지는 알 수 없습니다. 기원을 따져보는 일도 의미 없습니다. 하나의 패턴이 있을 따름입니다. 가을에서 겨울. 겨울에서 봄 사이. 매년 반복됩니다. 문제는 겨울에 있습니다. 항상. 추위도 알레르기항원이 될 수 있나, 진지하게 의심해봤을 만큼. 저번에 스테로이드성 스프레이를 처방받고 많이 호전되었기 때문에. 증상이 나빴던 시기를 과거형으로 말해도 좋겠습니다. 어쨌거나 저는 운이 좋은 편에 속하지요. 아나필락시스 쇼크나 아토피성피부염 등등. 이름만 들어도 무시무시한 자가면역질환들로부터는 안전한 편이니까요. 알레르기성비염으로 관련 진료소에 내원하는 환자는 매년 600만 명에서 700만 명 사이라고 합니다. 한국 인구의 9분의 1쯤? 인중이 빨갛게 헐어 있는 657만 개의 코를 상상해보실 수 있겠어요? 알레르기에 관해서, 저는 낭비라는 말을 떠올릴 수밖에 없습니다. 제 앞으로 낭비된 사물들의 이름을 호명해보겠습니다. 경미한 재채기들 사이에.

휴지. 집에 없으면 불안한 생활용품입니다. 매일 아침마다 써야 했기 때문이고. 처음에는 곽 휴지를 쓰다가 언제부턴가 두루마리 휴지만 구매하고 있습니다. 개당 가격이 훨씬 저렴하고, 압축 용량이 커서 보관하기에도 용이하다는 장점이 있지요. 어차피 다 똑같은 휴지가 아니냐? 작은 불만도 있었지만, 끝내는 수긍할 수밖에 없었습니다. 사실 알레르기성비염 환자들만아는 고충일 텐데요. 물론 알레르기가 악화되는 시기는저마다 다르겠지만. 증상이 과한 날. 과장 없이 말하자면 두루마리 휴지 한 롤도 부족하기 때문에. 자연스럽게 휴지의 품질을 따져보며 줄 세우게 되는데. 표면에쓸데없는 음각 장식이 많거나 요철이 들어가 있는 휴지들. 이들은 가능하면 쓰고 싶지 않을 겁니다. 둘째로,인공 향기가 배어 있는 휴지들. 알레르기성비염 환자들 입장에서는 몇 번이고 코에 가져다 대야 하는데. 라벤더 향이든 캐모마일 향이든 로즈메리 향이든. 후각을마비시키거나 머리를 어지럽게 만들기는 똑같고. 불운한 이들의 경우. 이런 인공 향초 가운데 알레르기항원이 있어, 증상이 더 나빠질 수 있기 때문입니다. 접촉면이 충분히 두껍고, 요철 부각이나 장식 없이 평평하며,

향이 없는 휴지는 주로 곽 휴지에 많답니다. 사실 뭐가 됐든, 어디에서라도 찾을 수만 있다면 다행이겠습니다.

물. 종이 휴지 때문에 자주 코밑을 다치는 환자들은 다른 방안을 찾아 떠나곤 합니다. 수돗물을 이용하는 것이지요. 피부가 상하지 않는 것은 물론이고, 적당히 온도가 조절된 물은 증상을 완화하는 데도 좋으니까요. 그뿐입니까. 쓰레기를 만들지 않고, 따로 휴대할 필요도 없고, 주로 화장실과 연결되어 있어서, 공중보건에 위협적인 시민으로 비춰지지 않아도 좋은 것이지요. 이런 식으로 쓰는 물 말고, 먹는 물도 마찬가지입니다. 어느 이비인후과를 가든, 물을 많이 마시라는 말을 듣는 까닭에. 정수기에 받아서도 먹고, 페트병 단위로 사서 먹고, 끓여서 먹고요. 나중에는 대추, 은행, 유근피, 어성초, 작두콩 같은 식용 약재들과 달여서도 먹습니다. 결국은 무엇 하나 효과가 없었는데, 색도 맛도 달랐던 그 모든 물의 효능과 쓰임새, 가능성, 미래를 따져볼 때, 내가 다만 60킬로그램 무게의 질그릇은 아닐까 되묻게 됩니다. 채워지고, 비워지고, 채워지고. 재채기라는 환영. 가슴을 누르는 메아리 속에서.

마지막으로, 약포지. 알약이 담겨 있는 종이들.

종이 안에 들어 있는 알약들도 목록에 넣을까 생각했는데요. 그것들은 /일이면 7일, 14일이면 14일. 짧게나마 알레르기를 누르는 용도로 복용되었다지만. 무심하게 북북 찢겨 버려진 종이 머리들을 생각해보세요. 물론 공정이야 다르겠지만. A4용지를 열여섯 개로 공평하게 등분한 크기. 짧은 문단이나 글 상자 하나가 오롯이 담길 수 있을 만큼 야트막한 용량 안에 ─포함된 의약품의 목록 : 스테로이드성 항염증제. 2세대 항히스타민제. 제산제…… 이것들, 금방 다 어디로 사라진 걸까요? 나이 서른을 먹고도 아직까지 병원에 가기 무서워하는 소설가를 위해 ─이번 한 번만 신성한 약사법 50조를 어겨주실 수 없겠습니까? 어디에도 이 내용을 쓰지 않겠다고 맹세합니다.

[18]

2020년 4월, 월간 『현대문학』에 「작은 코다」를 발표하다. 노래는 언제 시작되었는가? 최초의 소네트는 누가 지었을까? 노래의 역할은 무엇이었나? 이런 물음이 소설을 시작하게 만든다. 어렸을 때 겪은 음향 사고로 인해 영영 음치가 되어버린, 어느 세이렌 이야기.

그런데 이 단편소설, 주위 음치들로부터 크게 항의받다. 종결부에 이르러, 음치들이 그들의 애창곡을 곧잘 파괴한다고 묘사했기 때문에! 음치들, 씩씩거리며 나를 노래방으로 데려가다. 음치들, 그들의 18번을 나에게 들려주고 직접 증명하고 싶어 하다. 가령, **너는 우리 음치들에게 모욕감을 줬어.** 가령, **우리 음치들이 얼마나 노래를 존중하는지 보여주마.** 음정이 높기로 소문난 노래들, 가장 불능의 난이도로 회자되는 가요들이 줄줄이 노래방 기계 바깥으로 불려 나오다. 곧이어 총체적 난국이 벌어지다. 청각의 재앙, 음향학적 공습, 점잖기로 이름난 피타고라스조차 놀라 자빠질 옥타브의 대격변이 이어지다. 귓속에서 이명이 들리더니 곧 피가 뚝뚝 떨어져 내리다. 음치들, 전혀 상관하지 않고 반주기의 고무 단추들을 번갈아 누르다. 세이렌, 이때 갑자기 나타나 나를 데리고 지옥에서 빠져나오다. 음치들, 인류 최초의 가수였던 초대 주술사들처럼 자기 목소리에 심취한 나머지 그만 눈치채지 못하다. 세이렌, 터무니없이 조잡한 후두 조직으로 새소리를 흉내 내는 목소리들 우스꽝스럽지만 애써 참다.

노래는 노획물이다. 오늘날 베가비스 일족의 마지막 후손이 도시 위로 비행한다면, 무수한 실용음악학원들과 보컬 연습실의 옥외광고물이 한눈에 내려다보일 것이다. 방음 시설로 둘러싸인 폐실에서 발성법을 훈련받는 사람들, 호흡을 조절하고 조음기관의 위치를 교정하는 과정에서 불쑥 튀어나오는 인공 음정들. 새들은 날개를 가져 다행이라고 생각할지도 모른다. 불협화음은 난류를 조성한다. 도시의 공기가 해로운 이유는 환경오염 때문만이 아닐지도 모른다. 새들을 찬송하라. 바로 그들이 나에게 노래를 가르쳤다. 소설로써 음향을 끝내는 지난한 여정 가운데 나는 나의 날개 달린 교육자들을 실망시키지 않을 것이다. 절대로.

[71]

기원전 71년, 노예 검투사 스파르타쿠스가 일으킨 로마공화정 최후의 노예 반란이 막을 내립니다. 이렇게 산타마리아카푸아베테레에서 시작된, 자유를 위한 투쟁이 메시나해협 밑으로 전설처럼 수장됩니다. 법무관 마르쿠스 리키니우스 크라수스는 살아남은 반

란군 패잔병들이 이탈리아반도를 떠돌아다니면서 그
들만의 안티임페라토르를 찬양하지 못하도록 수를 씁
니다. 카푸아와 로마 사이로 나 있는 아피아 가도를 따
라―노예 병사 6천여 명의 손발을 십자가 위에 매달아
버리는 것이지요. 카푸아 검투사 양성소부터 로마에 이
르는 영광의 길이 피로 뒤덮입니다. 오욕으로 더럽혀집
니다.

1800여 년 뒤, 카를 하인리히 마르크스는 아직
까지 굳지 않은 노예 검투사들의 피로 『자본 Das Kapital』
을 쓸 것입니다. 이미 오래전에 죽은 스파르타쿠스와 노
예 검투사들은 이 사회주의 역사학자의 책에 프롤레타
리아 유령으로 나타납니다. 살아서는 자유를 얻을 수
없었던 불운한 영혼들은 죽어서도 투쟁을 갈망합니
다. 그래서 인쇄 기계에 의해 복제된 안티임페라토르의
마지막 한숨은 브리타니아주부터 메소포타미아주까
지―고대 로마의 옛 행정 영토였던 속주들을 모조리
불태우고 말 전쟁들을 불러오게 됩니다.

그러니까 세기의 명문으로 두고두고 암송될 공
산당선언의 한 문장 : "하나의 유령이 유럽을 배회하고
있다 Ein Gespenst geht um in Europa"고 이야기할 때, 그것은

사실 1800여 년 전에 죽은 어느 트라키아인 노예 검투사의 영혼을 우리 사이에 불러내는 일이나 다름없습니다. 실제로 이탈리아반도를 공포에 떨게 만들었던 안티임페라토르도 노예 병사들을 맞이하며 자유 아래 단결할 것을 요청하지 않았던가요? "프롤레타리아가 잃을 것이라곤 족쇄뿐이고 그들이 얻을 것은 전 세계다. 전 세계의 프롤레타리아여, 단결하라!" 이렇게 베수비오 화산 폭발 이후 잿빛 응회암 밑에 산 채로 매장된 외침들이 다시 한번 돌아옵니다.

[49]

　지난주 수요일에는 할아버지의 사십구재가 있었다. 이날 할머니는 나에게 자기 패물들을 넘겨주었다. 목걸이, 팔찌, 반지들. 모두 순금이었는데, 실제로 묵직한 무게가 느껴졌다. 할머니는 어디에도 팔지 말라면서 그것들이 시가로 얼마나 나가는지는 다 알려주었다. (왜지?) 그 패물들 가운데는 할머니 본인 것이 아니라 할아버지가 남긴 것도 있었고, 그녀의 다른 가족들이 남긴 것도 있었다. 장신구 하나하나에 다 사연이 있

었고, 할머니는 그것들이 하나둘 손지갑 바깥으로 나
올 때마다 모두 들려줄 생각인 듯했다. 구구절절한 과
거사. 이를 거드는 손짓이 마침내 어떤 보물을 끄집어
냈을 때, 나는 말할 수 없는 감정 밑으로 나 자신의 목
울대가 잠기는 기분을 느꼈다. 아주 작은 난쟁이 요정
들의 선물 같은 그 보물은 한때 내 소유였다고 한다. 돌
반지. 엄마가 여기저기 빚을 내고 다녔기 때문에 할머
니가 몰래 보관해두었다고 했다. 나는 아기 때나 한번
껴보았을 그 반지를 손끝에 올려놓았다. 가만히 무게를
가늠해보는 시간. 굉장히 이상한 기분이 들었다. 그 반
지 구멍 안으로 둘레가 아주 작은 손가락 하나가 느껴
졌기 때문이다. 나는 내가 아기였던 때의 사진을 수도
없이 가지고 있지만, 이것은 정말 상상할 수 없는 종류
의 경험이었다.

    나는 이렇게 작았고, 나는 이렇게 자랐다.

    아기와 내가 이 가느다란 구멍으로 이어져 있
다. 앞으로도 영영 돌아갈 수는 없겠지만. 할머니는 나
중에 결혼하게 되면 이걸 다 녹여서 신부에게 반지와
목걸이, 팔찌를 만들어주라고 했다. 글쎄. 나는 이것들
을 이대로 남겨두고 싶고. 혹시 아이를 낳는다면 할머

니가 했던 것처럼 하나둘 보물을 꺼내며 모든 사연을 들려주고 싶다고 생각했다. 내 돌 반지를 아기 손에 그대로 끼워주고 싶다고. 그런 역사가 있는 보물들이지 않은가. 그럴 만한 가치가 있는 보물들이지 않은가. 나는 이것들을 잃고 싶지 않을 것이다. 영원히.

그리고 그녀는 2017년에 선고했던 대로 토지대장 원본도 건네주었다. 창녕에는 지금도 집안사람들의 집성촌이 남아 있다고 하는데, 이 땅은 조부모 앞으로 마땅히 주어져야 했던 부동산의 일부라고 했다. 지금 물려받은 땅은 선조들의 매장 터로 사용하기 위해 합의된 구역이라는 이야기도 덧붙었다. 물론 제사를 지내야 할 증조부모와 조부, 조부의 형제자매들은 모두 파주 천태종 사찰 납골당에 묻혔기 때문에 이제 이 땅은 목적을 잃은 땅이 되고 말았다. 아버지는 증여세와 상속세 중에 어떤 과세 방식이 보다 간편하고 합리적인지 잘 알아보라고 한다. 하지만 아직은 모두 어려운 이야기일 뿐이다. 어쨌거나 할머니는 이걸로 전해줄 건 다 전해주었다고 했는데, 영문을 알 수 없게도 그 뒤로 병이 많이 호전되었다. 가벼운 마음은 두려움조차 반기고 맞이하게 만드는가. 아직 할머니가 어떻게 된 것도 아

닌데 내 손에 할머니의 물건들이 주어졌다. 돌 반지만
따로 꺼내놓고 자꾸 만지작거린다.

[70]

I.나의 친구여, 고대 이집트인들은 천공을 독수
리가 다스리고, 지하를 코브라가 다스린다고 믿었소.
그리하여 만물의 주인 자리를 놓고 창조신 라와 거대
독사 아펩이 영원한 대결을 벌이기 시작한 이래로, 지
혜의 신을 섬기는 신관들은 아지르🖋와 두아트🕊 앞
에 신성문자 표의 처음과 마지막 자리를 봉헌한 것이
라오. 이처럼 아지르🖋에서 시작해 두아트🕊로 끝맺
는 표어문자 체계를 당시에는 메두 네체르^{Medu Netjer}라
고 불렀는데, 소위 권능의 말로 옮겨 쓸 수 있겠소. 이것
은 한 가지 사례라오. 예컨대, 인간의 언어는 한때 강력
한 주술이자 마법이었다. 또는, 심상과 음향이 일치하
는 순간마다 마술적 신비가 일어났다. 스파크처럼! 다
시 말해, 말하는 대로 이루어질지어다. 지혜의 신 토트
와 인간 제자들은 미리 내다보고 있었음이 틀림없소.
종래에는 아펩이 라를 집어삼키고, 그렇게 무한한 종말

이 우리 앞에 도래하리라는 사실을 말이오. 성스러운 파라오들은 이와 같은 예언을 후대에 선하기 위해 세계 곳곳으로 네크로텍트를 파견했소. 그러나 사막의 모래가 네크로폴리스를 덮친 이후, 오늘날 멸망한 왕조의 메아리만이 지하 도시에 울려 퍼질 뿐이오. 그러니까 장프랑수아 샹폴리옹에게 주어졌던 화강섬록암 오벨리스크 파편은 사실 최초의 묵시록을 속삭이고 있었다오. 얼간이 유럽인들이 로마문자식 음가를 가져다 붙이는 과정에서 영영 왜곡되고 말았지만 말이오.

II. 이렇게 우리 모두는 알레프 $\aleph$ 에서 생명을 얻고 타우 $\uparrow$ 를 찾아 끝도 없이 헤맨다오.

III. 알파 A는 믿음의 계수, 오메가 Ω 는 저항의 법칙. 그리스문자의 처음과 마지막을 이루는 두 가지 수수께끼가 1950년 리 조세프 크론바흐에 의해, 1826년 게오르크 시몬 옴에 의해 각각 누설된 이후—세계는 두 가지 힘 사이의 줄다리기로 판명될 것이오.

IV. 북반구의 어느 늪에서 거룩한 의식이 치러지오. 젊은 게르만족 전사가 무릎을 꿇고 앉아 있소. 늙은 무녀가 그에게 다가가오. 무녀는 습지 바닥에서 채집한 진흙 한 움큼을 전사의 얼굴에 펴 바르오. 무녀가 뼈다귀를 내밀면, 전사는 이것을 두 손으로 건네받을 것이오. 죽은 동물의 늑골 위에는 신탁이 한 줄 새겨져 있소. 룬문자는 오딘의 창날로 직접 각인되어, 붉은 연삭 자국을 내내 머금고 있다오. (이렇게 궁니르Gungnir가 꿰뚫는 음성으로써 또 한 번 밤하늘을 날아가오.) 우리는 뼈 화석에서 페후ᚠ와 다가즈ᛜ를 읽어내오. 이 그림들은 대 푸타르크 문자표에서 처음과 마지막에 놓이는 문자들이오. 페후ᚠ는 부귀를 약속하고, 다가즈ᛜ는 시작과 끝을 가리키오. 무녀가 페후ᚠ를 속삭이자, 전사는 영광스러운 환영을 목격하오. 안개 속에서, 라인강을 건너는 제국의 세 개 군단이 모조리 전멸하는 광경. 전사는 게르마니아 지방의 동포들을 해방하고, 살아남은 로마 군인들을 오딘 앞에 공양하는 기쁨으로 미리 전율하오. 무녀가 다가즈ᛜ를 속삭이자, 굴욕적인 환영이 전사의 머릿속에서 떠오르오. 동포들이 그의 등을 찌르고, 하나뿐인 혈육이 제국의 심장으로 팔려 가오. 이 향정신성 영상은 이미 대뇌피질에 기입된 기억처럼 고주사율로 깜빡이는 시냅스 불빛들을 읽어 들인다오. 전사는 실제로 척추를 비집는 쇠붙이의 울림을 느끼고, 아직 태어나지도 않은 아들을 빼앗기는 아픔으로 소리 없이 눈물

흘리오. 무녀가 중얼거리는 소리. **돌아오라, 돌아오라.**
엄숙한 음성이 전사에게 내리쬐오. **모두 받아들이겠느냐?** 전사는 일어나며, **페후ᴸ를 위하여. 또, 다가즈ᴹ가 올 때까지.** 그리하여 팔라티노 언덕 위에 지어진 어느 대저택 안뜰에서 누군가 목청이 찢어지도록 절규하게 된 것이오. **쿠인틸리 바레**Quintili Vare, **레기오네스 레데** legiones redde! 다시 말해, **쿠인틸리우스 바루스, 내 군단들을 돌려내라!** 도리스식 기둥 표면에 연거푸 이마를 짓찧는 이 불쌍한 사내의 이름은 가이우스 율리우스 카이사르 옥타비아누스라오.

　　V. 그러므로 일찍이 영문예무인성명효대왕英文睿武仁聖明孝大王께서 국보 제70호 : 훈민정음을 창제하실 제, 열일곱 개의 닿소리 일람은 어금니를 앙다무는 무성 연구개 파열음에서 시작되어 목구멍을 틀어막는 무성 성문 마찰음으로 끝나도록 편성되었다오. 그것은 모든 소리가 종래에는 깊고 어두운 침묵 밑으로 가라앉기 때문이오. 이렇게 우리는 문자를 발음하면서 우리 입 안의 구강 구조 : 어금니, 혀, 입술, 이빨, 목구멍에 이르는 해부학적 통로가 데크레셴도 혹은 디미누엔도와 닮은꼴로 형성되었다는 사실을 매일 깨닫게 되는 것이오.

Ⅵ. 마찬가지로 홀소리 열한 개를 지시하는 음가 일람도 살펴보시오. 입을 크게 벌려서 밖으로 소리를 내뱉는 양모음 'ㅏ'가 처음에 온 다음, 입술은 점점 닫히기 시작해 전설 평순 고모음 'ㅣ'에 이르면 완벽한 폐모음이 된다오. 이렇게 모든 홀소리가 열림과 닫힘 사이, 하늘(•)과 땅(ㅡ) 사이, 시작과 끝 사이에 놓여 있지 않겠소?

Ⅶ. 그러니 모든 생명이 종래에는 암흑 속으로 처박히는 것도 일찍이 예견된 바라오.

[6]

프랑크푸르트에 갈 일이 있거든 프랑크푸르트 대성당에 꼭 한번 들러보세요. 아름다운 마인강이 내려다보이는 이 로마 가톨릭 고딕 양식의 교회 건물은 신성로마제국 시기에 열두 사도 중 한 사람 앞으로 봉납되었습니다. 열전에 따르면, 마태오복음 10장 3절에서 열두 사도 가운데 여섯 번째로 소개되는 성인의 두개골이 바로 그 성당에 모셔졌다고 합니다. 또, 고대 라틴어로 번역된 마태오복음서 한 권이 두개골 곁에 놓여 있다는군요. 이 책의 이름은 아직까지 밝혀지지 않았습니다. 다만 낡아 부스러져가는 표지 바로 뒤쪽에서 발견된 짧은 글귀 ―Argotonium um Bartholomew― 만이 설명을 돕고 있을 따름입니다. 이 글말을 올바르게 발음해보려고 애쓰는 수사들의 입 모양을 상상해보세요. 옮겨 적을 수 있다면, 아르고토니움 움 바톨로뫼 혹은 아르고토니욤 움 바톨로뮤쯤으로 표기할 수 있을까요? 신학자들 사이에서 문법적인 포인트로 이목을 끄는 부분은 아르고토니움과 바르톨로뮤 사이에 끼어 있는 [um], 단모음과 비음이 조합된 단어의 쓰임새일 겁니다. 설득력을 얻은 여러 가설들 가운데 가장 유명한 접근법은 두 가지 : 두 단어를 연결하는 모양새로 보아 조사 혹은 접속부사로서의 용도를 의심해볼 만하다는 것. 또 하나는 실제 지브롤터 지방에 아르고토니움이라고 이름 지어진 감옥이 전해져 내려오고, 마찬가지로 바르톨로뮤는 라틴어 계열의 남성 이름으로 잘 알려져 있다는 점. 그래서 의미가 모호한 라틴어 글귀의 뜻은 마침내 아르고토니움의 바르톨로뮤, 더 정확히는 아르고토니움에 갇힌 바르톨로뮤로 의견이 모아집니다. 하지만 그것이 이 나이 들고 훼손된 책에 붙여진 진짜 제목인지는 누구도 알 수 없습니다.

바르톨로뮤라는 이름으로 말하자면, 그 이름을 물려받은 아들들 가운데 가장 위대한 운명을 타고났던 그리스도의 제자 바르톨로메오를 빼놓고는 이야기할 수 없겠습니다. 마태오, 마르코, 루가복음서에서 아주 잠깐씩만 언급되는 이 수수께끼 사도에 관해 우리는 극히 일부의 사실만을 떠들 수 있을 따름입니다. 가령, 예수 부활 이후 다른 사도들과 같이 전도 여행을 떠났다든지. 다만 그 방향이 서쪽이 아니라 동쪽이었다는 점은 특기해둘 만합니다. 얼마 남지 않은 1세기 종교 서적들에 따르면, 사도는 소아시아와 인도를 거쳐 최후에는 아르메니아에 도달했다고 합니다. 기록이 사실이라면 이 남자는 페르시아만을 옆에 끼고 무려 5천여 킬로미터를 걸어서 횡단했다가 다시 그 길을 걸어 돌아온 셈입니다. 이 계산법은 물론 등고선과 도로의 기울기 따위가 포함되지 않은, 직선거리의 단순 합계에 지나지 않습니다. 그럼에도 성인 한 사람의 보속으로 자그마치 천 시간 이상을 들여야 하는 노정이라는 사실만은 변하지 않습니다. 사내는 아마도 살아서는 예루살렘으로 돌아가지 않을 작정으로 조촐한 여행 짐을 꾸렸을 것입니다. 하지만 무엇이 그로 하여금 인도차이나반도를 떠나오게 했는지는 마찬가지로 알려져 있지 않습니다.

　　한편, 당시 반도의 중부지방을 지배했던 사타바하나왕조는 한참 무르익은 불교미술을 과시하고 있었는데, 이것이 오랜 보행으로 지치고 여윈 바르톨로메오를 굴복시켰는지도 모릅니다. 데칸고원의 음습한 계곡과 구릉지, 기암절벽 사이로 난 교역로를 걸을 때, 사내는 그늘 안에 들어앉은 와상 석불 앞에서 차마 입을 다물 수 없었을 겁니다. 고대 그리스 시대에 신들 앞으로 바쳐진 신탁 신전들조차 이 불상 조각들의 크기에 비하면 하나같이 시시하게 느껴졌을 테니까요. 하물며 사내의 때 묻은 손 주름 안에 쥐어진 낡고 허름한 복음서는 어땠겠습니까? 우리의 성인은 비단옷을 입은 대상들과 군인들, 헐벗은 수행자들 사이에서 아멘, 외치려고 하지만 좀처럼 목소리가 나오지 않습니다. 아멘! 기도 소리는 오직 마음속에서만 울립니다. 사내는 그의 스승이 사람의 몸으로 나타내 보였던 기적들을 필사적으로 기억해내려 애씁니다. 권능을 의심하는 시몬 베드로의 고깃배를 생선으로 가라앉힐 뻔한 일부터 보리떡 다섯 개와 물고기 두 마리로 5천 명을 배불리 먹인 일이라든지.

악마들에게 사로잡힌 3천 마리의 돼지 떼를 강물에 빠뜨려 죽인 일. 공들여 매장된 나사로를 카타콤 바깥으로 소리쳐 불러낸 일 같은 것들. 이 밖에도 무수한 문둥병 환자와 혈루병 환자, 중풍 병자, 벙어리, 귀머거리, 병자와 불구자들을 다시 일으킨 기적들을! 그러나 기억은 쉽게 권능을 빌려주지 않습니다. 수많은 인파 가운데 누구 하나 불행해 보이지 않는다는 사실이 우리 성인의 무릎뼈를 구부러뜨렸을까요? 그 가운데서도 이미 해탈에 가까운 표정으로 이 익명의 이교도를 너그럽게 올려다보는 수행자들이 어떤 사실을 넌지시 알려줬던 듯합니다. 예컨대, 너는 이곳에서 할 일이 없다. 같은 식으로, 우리는 알기에 충분한 진실을 이미 가지고 있다. 벌써 오래전에 승천한 그의 스승은 수직으로 떨어져 내리는 폭포수의 물줄기와 거품들을 빌려 고함쳤을지도 모릅니다. 돌아가라! 고요한 벼락과 같이. 다시 처음으로 돌아가라!

그래서 여섯 번째 사도는 왔던 길을 다시 되돌아가, 소금과 모래로 지어진 어느 해안 감옥에 스스로를 유폐시켜야만 했던 것이지요. 수감된 채 보낸 수 해동안 꼼꼼하게 눌러쓴 육필 번역본은 소금 바람보다 강한 시간의 입김 속에 점차 해지고 벗겨지게 됩니다. 얼마 후, 우리의 여섯 번째 사도는 고가시스 지방의 알바노폴리스에서 책과 동일한 운명을 맞이하고 맙니다. 아르메니아의 왕 폴리미우스를 기독교로 개종시킨 결과, 왕의 동생 아스티아게스에게 미움을 사게 되지요. 로마의 충실한 시종인 아스티아게스는 제국의 반발을 두려워합니다. 그렇기에 충심을 입증하는 한 가지 방법으로 우리의 사도를 잔인하게 고문하는 것이지요. 숫돌에 잘 갈린 은광 단도들이 성인의 몸에서 가죽을 도려냅니다. 열전은 또한 전합니다. 우리의 사도가 마침내 머리가 잘릴 때까지 온전한 정신으로 모든 고문을 견뎌냈다고요. 이것이 오늘날 바르톨로메오가 무두장이, 미장공, 제화공, 소금 상인, 정육업자, 사냥꾼은 물론 신경통 환자들의 주보성인으로 섬김받는 이유랍니다. 나중에 미켈란젤로는 시스티나성당 내벽에 〈최후의 심판〉을 그리는데—미술사에 다시없을 이 걸작 프레스코화 안에서, 우리의 성인은 생전에 벗겨진 자신의 살가죽을 미련 없이 스승에게 바치고 있습니다. 결국 우리 앞에 남는 것은 언제나 그렇듯 이름뿐입니다.

　　한 무리의 여행자가 티베트고원 위에 나타난다.
행렬의 규모는 몹시 조촐하다. 한 사람만이 늙고 병든
말 위에 올라타 있는데, 이 사람의 이름은 이지르부카
다. 쿠빌라이칸의 외손자이자 칭기즈칸의 4대손으로,
일찍이 심양왕에 봉해진 이래 권좌에서 좀처럼 내려올
줄 몰랐던 보르지긴 황실 최고 서열의 인척. 우리에게
는 고려의 제26대 국왕 충선왕으로 더 잘 알려져 있지
만, 이 혼혈 군주의 의복과 외모 어디에서도 고려인의
모습 따위는 찾아볼 수 없다. 게다가 몽골식 두발 풍습
의 영향으로 뒷머리를 땋아 길게 늘어뜨린 시종들과 달
리―왕은 이제 막 출가한 수도승들처럼 머리 전체를
짧게 깎았다. 환관 임바얀투구스의 끈질긴 무고 참소로
황실로부터 입지를 의심받은 결과, 척박한 토번 땅의
서쪽 지방까지 불경 공부를 떠나게 된 것이다. 물론 허
울 좋은 명목일 뿐, 실상은 유배나 다름없다.

　　실각당한 왕은 제국의 수도인 대도大都에서 자
그마치 1만 5천 리나 떨어진 유배지까지 의전도 호위
도 없이 먼지와 모래를 들이켜며 가야 한다. 고원을 횡

단하는 동안 왕의 일행은 물자 부족으로 탈수와 굶주림 속에 길끼지 잃고 미는데, 때미침 무리 지어 부랑 중이던 유목민들에게 발견되어 가까스로 목숨을 건진다. 왕은 이후 수 주 동안 유목민들과 동행하는 가운데 몇 가지 기이한 일을 경험하게 된다. 유목민들은 매일 밤마다 이동식 움막 한복판에 모여 불 피우고 노래 부른다. 가사는 대부분 불과 관련되어 있는데, 이 신성한 정령의 열기가 가축과 사람을 악운이나 질병으로부터 지켜준다고 믿는 것이다. 그래서 해가 저물기 시작하면 구성원 모두가 땔감을 집어 와 화톳불 만드는 일을 돕는다. 부락 한가운데 높이가 5척쯤 되는 목탑을 쌓고, 아이들이 그 꼭대기로 기어 올라가 야생화를 하나씩 놓는다. 악사들이 징과 북을 두드리면, 한 명씩 횃불에 불을 붙인다. 족장이 고함을 지르면, 모두가 목탑에 불을 지핀다. 불빛이 높이 치솟을 때마다 곳곳에서 감탄사가 들려오고, 이때부터 저마다 횃불을 들고 둥글게 원무를 춘다. 행운을 기원하는 노래를 부르면서. 왕은 어둡고 건조한 고원의 모래 위에 원형으로 새겨지는 불꽃 속에서 잠깐씩 만다라 문양을 들여다본다. 이 눈부신 기하학적 형상물에 눈이 먼 나머지 양팔을 휘적이는 동안 별안간 손들이 나타나 소맷귀를 잡아끈다. 마치 오래전부터 알고 지내온 사이처럼. 거리낌 없이. 나중에 왕은 이 손의 주인들을 알아보고 까무러치게 놀라 그만 자리에 주저앉는다. 장난기 많은 얼굴로 왕을 내려다보는 두 꼬마 아이가 있다. 기억 속에서 이 아이들의 이름은 각각 카이산과 아유르바리바드로 밝혀진다. 이들은 왕과 어려서부터 형제처럼 어울려 자란 뒤, 훗날 각각 무종과 인종으로 즉위하는 황실의 종손들이다. 왕이 넋 나간 표정으로 절을 올린다. 아유르바리바드가 까르르 웃는다.

이 축제는 산 사람만을 위한 축제가 아니다.

카이산이 흙바닥 위에 꿇어앉으며 왕을 안아준다.

그래서 우리가 이렇게 다시 만나는구나.

아유르바리바드가 반들반들한 턱으로 주위를 가리켜 보인다.

이 삭막한 땅은 한때 얼어붙어 있었다. 아주 오랫동안 추위와 얼음의 영토였다.

카이산이 왕의 왼쪽 팔을 붙들고 일으켜 세운다.

그래서 불을 피울 때마다 기억 속에 결빙된 영혼들이 잠시나마 귀환하는 것이다.

아유르바리바드가 왕의 오른쪽 팔을 힘주어 붙잡는다.

너를 보니 이제 우리가 머지않아 다시 함께 어울려 놀 수 있겠구나.

두 손이 왕의 소맷귀를 잡아당긴다. 아유르바리바드가 신나서 뛰어다닌다.

보인다, 보여. 보잘것없는 사직들이 모조리 망하고 마는구나. 너의 조상들이 세운 나라와 우리 조상들이 세운 나라가 육십갑자 안팎에 망한다.

카이산이 슬픈 표정으로 중얼거린다.

불꽃이 꺼지는구나. 이참에 모든 욕심을 그만 내려놓아라. 모두 의미 없다.

죽은 두 왕의 영혼이 연기 속에 사라진다. 이후 두 해가 지나기 전에 이지르부카는 어둠 속에서 조용히 죽음을 맞는다. 황실 의원은 유형지에서 얻어 온 후유증을 사인으로 지목하겠지만, 사실과 다르다. 1308년 원 황실 황위 쟁탈전 때 처음 손에 피를 묻힌 뒤, 1310년 권력에 대한 욕심으로 고려 땅의 장남을 살해하기까지 — 이지르부카가 잔인하게 빼앗은 목숨들이 매일 밤 왕의 목을 조르기 때문이다. 이 안타까운 생명들은 일찍이 두 나라의 사직을 보존하겠다는 명분으로 희생되었지만, 1368년 원이 먼저 몰락하고 1392년 고려가 그 뒤를 따르게 된다. 이렇게 구각뿔 주사위 두 개가 동북아시아 지도 위에서 각각 회전을 멈추니, 아나톨리아 지방에서 시작된 십면체 주사위의 눈을 이제 그만 닫아 두도록 하자.

고스트 프리퀀시

처음에는 언제나 어둠뿐이다. 그러므로 어둠은 목소리를 기입해도 좋다는 첫 번째 신호로 받아들여진다. 어둠은 컬러 차트 위에 펼쳐진 모든 색상 조합식을 통틀어 첫 자리에 놓이기에 가장 알맞은 색이다. 수만 가지 빛의 파장이 소리 없이 침몰하는 장소. 흐린 날씨의 밤하늘 또는 외부와 격리된 밀실을 제외하면, 오직 순도 높은 흑연 광물들과 고온에서 용해된 유지류 전색제들만이 드물게 어둠에 다가갈 수가 있다. 염색업자들은 그들이 발견한 가장 깊은 색감의 어둠 앞에 이런 이름을 바칠 것이다. 제트블랙 : 그것은 색상 코드

#000000에 해당하는 이 순수한 암흑이 평범한 무채색 컬러들과 조금도 섞이지 않을 뿐 아니라, 외려 흑옥 같은 농담으로 다른 색채들을 모두 빨아들여버리기 때문이다.

어둠 속에서 두 개의 귀가 열린다. 귀는 부실한 연골조직들로 이루어져 있지 않다. 얇은 동물성 피막으로 덮여 있지 않다. 오로지 철강 합금만이 이 차가운 집음 장치를 구성하는 한 가지 재료로써 줄곧 은백색의 광택을 내는 중이다. 한편, 속귀는 크롬 처리된 금속 그릴 안에 숨겨져 있는데. 격자 모양의 작은 눈들이 이빨처럼 맞물려 있어, 주위에서 배회하는 소리들을 손쉽게 낚아채는 것이다. 귀의 이름은 ZOOM-H4N PRO이다. AA 사이즈 리튬전지 네 개로 작동하는 휴대형 녹음기기. 사운드 엔지니어링 교본에서 가르치는 기초 마이크 테크닉에 따라, 같은 지점으로 기울어진 두 개의 카디오이드 마이크로폰이 표준 지향 각도로 열려 있다. 누군가 이 수입 전자 제품을 의사 신체처럼 지니고 다니는 까닭에. 말없이 웅크려 있던 목소리 하나가 긴 잠에서 깨어난다. 절지동물들이 한 쌍의 감각기관을 시시각각 움직이며 길을 찾듯, 작은 녹음기를 이리저리 내

뻗으며 걸어 다니는 이 사람은 누구?

소설가 김태용은 2019년 1월 29일 한 주택에 초대받았다. 은평구 역촌동에 지어진 이 적색 양옥집은 다만 **불란서 주택**으로 알려져 있을 따름이었다. 그러나 주민들 사이에서 두루 일컬어지는 이름과는 다르게, 건물은 실제 프랑스 건축사에서 찾아볼 수 없는 양식으로 준공되었다. 이미 한 세기 전에 근대식 공동주택을 설계했던 오귀스트 페레가 살아 있었더라면, 틀림없이 기함을 했을 듯. 그것은 서양식 가옥을 표방하는 이 1970년대 건축물이 철근콘크리트와 유리블록 같은 새 시대의 재료들 대신 붉은 벽돌과 수경성 시멘트로 얼기설기 쌓아 올려졌기 때문이다. 그러니까 **불란서 주택**을 처음으로 떠올렸던 사람은 건축가가 아니라 사업가였을 것이다. 프랑스는 물론 바다 한 번 건너본 적 없는 사람. 실제 유럽은 두 차례의 세계대전으로 폐허가 되었다가 일어나던 시기였음에도—여전히 벨 에포크 시점으로 파리 시내를 부감할 수밖에 없는 사람. 박물관 또는 미술관 복도를 따라 전시된 복제 공예품들은 원본의 크기와 질감뿐 아니라 시간마저도 곧잘 흉내 내곤 하니까. 그러므로 널찍한 경사 지붕을 건물 머리 위에 조심조심 내려앉히는 일은 주택 공사의 피날레를 장식하고도 남았을 것이다. 바로 이 건축 부품으로 어느 평범한 신축 가옥에 홀연 신성이 내리쬐기 때문이다. 1970년대 민간건설업체 사장들은 양산형 상품 주택에 그리스식 신전 의장을 부가하는 방식으로 섣불리 조형미를 획득하려고 애썼다. 다시 말해, **불란서 주택**은 역촌동에 버려진 폐가 한 채만을 가리키지 않는다. 그 이름은 경제성장 시대의 사업가들이 웃돈을 붙여 팔았던 환상과 허위, 선망의 그림자에 지나지 않을 뿐이다. 그럼에도 오늘날 이 낡은 가옥이 **불란서 주택**으로 호명되는 까닭이 있다면, 은평구 일대에 불어닥친 재개발 열풍 속에서 홀로 살아남았기 때문일 듯. 서로 담장을 맞댄 채 골목을 이루었던 근연종 양옥들이 모조리 허물어진 뒤에도, 이 집채만은 끝끝내 무너져 내리지 않았으니까. 썩거나 망가질지언정. 끝끝내.

집게손가락 하나가 녹음기에 다가간다. 소설가는 마이크 캡슐을 바깥쪽으로 조금 회전시킨다. 스테레오 마이크의 지향 각도가 30도만큼 더 돌아가 원뿔 모양으로 넓어진다. 그러자 보다 많은 소리들이 광각에서 모여든다. 예컨대, 누군가 걷는 소리. 뛰는 소리. 계단을

오르내리는 소리. 서로 다른 보폭들과 개성 강한 걸음새들이 마구 뒤섞여 있다. 이렇게 복층 가옥의 바닥 면을 구성하는 목재 부품들이 늘어나거나 내리눌릴 때마다 잠깐씩 주위가 밝아진다. 반향정위 : 박쥐나 돌고래와 같은 동물들이 초음파를 내지르고, 회절하여 돌아오는 소릿값으로 물체의 해상도를 밝히듯이. ZOOM-H4N PRO는 집음부로 수음되는 음향신호들로 소설가의 눈을 밝혀준다. 다시. 이번에는 노크 소리. true─ true─ true─ 짧은 파장에 준위가 낮은 이 소음들은 아주 잠깐씩 불연속 이미지로 결합된다. 2층 베란다 옆 다락방 가득 배어 있는 겨울밤 공기. 부피가 작은 정팔면체 알갱이들이 미세한 전자기성 파동으로 대전되며 전율할 때. 우리가 먼지 또는 티끌이라고 부르는 것. 대기를 형성하는 작은 입자들이 RGB 색상을 입은 픽셀처럼 반짝이며, 일말의 빛과 소리를 생성하는 것이다. 소설가는 본다. 아주 잠깐이지만. 경첩이 망가진 목판 문짝 앞. 작게 오므려 쥔 주먹 하나. 핏기 없이 투명한 손목이 앞뒤로 조심스럽게 흔들리며. 똑─ 똑─ 똑─ 소리 내고, 곧바로 사라져버리는 모습을. 몸통과 분절된 이 신체 부위는 창백한 열기를 띤 홀로그램 이미지처럼 희미하게 영사된다.

　　소설가는 같은 상소로 다가가 똑같이 한 손을 오므려 쥐어본다. 또, 똑같이 목판 문짝을 두드려본다. 정박자로, 세 번. 똑― 똑― 똑― 그러자 어두웠던 2층 공간에 홀연 불이 밝혀진다. 소설가는 놀라서 뒤를 돌아본다. 주위를 두리번거린다. 소설가가 서 있는 위치에서 불과 서너 걸음쯤 떨어져 있는 거리. 2층 공간을 밝히는 두 개의 점등 스위치가 나란히 눌려 있다. 물론 소설가는 누가 불을 밝혔는지 알 수 없다. 그러나 소설가가 쥐고 있는 성능 좋은 감각기관만은 이 날렵하고 비밀스러운 동작마저 손실 없이 잡아낸다. 폼팩터 앞으로 돌출된 두 개의 귀. 카디오이드 마이크 전방부에 흐르는 직류전압을 건드린 결과, 어떤 단단한 물체에 의해 점등 스위치의 눌림 방향이 반대쪽으로 옮겨지는 소리가 내장 전극판을 떨게 했던 것이다. 그래서 소설가는 어렴풋이 깨닫게 되었는지도 모른다. 이 집 안에 나만 있는 것이 아니구나. 아니, 오히려 너무나도 많은 것들이 아직까지 이 버려진 장소에 남아 있구나.

　　소설가는 다시 불을 끄지 않고 그대로 둔다. 불현듯 나타났다가 사라지거나 불시에 울려 퍼지며 정위를 실감시켰던 그 많은 소리들이 불이 밝혀지자 자취를 감추어버린다. 베란다 방 구석에 우두커니 놓여 있는 목각 의자 하나. 이 낡은 가구는 어두울 때만 기어 나오는 소리들만큼 발이 빠르지 못한 까닭에 외따로 불빛 아래 남겨진 정물 같다.

소설가는 등받이 안쪽으로 손을 넣는다. 의자는 소설가의 손에 붙들려 베란다 방 중앙으로 옮겨진다. 소설가는 발밑에서 나뭇조각 하나를 집어 의자 위에 올려놓는다. 한때 천장을 떠받쳤던 이 목재 부품은 엉덩이 받침으로 삼기 좋아 보인다. 의자에 앉으면 가장 먼저 보이는 것은 아래층과 연결된 계단형 통로. 그다음은 2층 베란다 방 바깥의 화장실이다. 어둠 속에서 노크 소리가 울려 퍼졌던 바로 그 장소. 소설가는 목판 문짝에 세 번 가 닿았던 가운뎃손가락의 뼈마디를 내려다본다. 문짝 표면에 끼어 있던 먼지로 인해 어둡게 변색되어버린 살가죽. 무엇보다도 중간마디뼈에 오래도록 배어 있는 떨림이 소설가의 눈에 관찰된다. 소설가는 다시 목뼈를 움직여 베란다 방 바깥을 건너다본다. 그 문은 지금도 빈틈없이 닫혀 있다.

소설가는 얼마든지 이 집을 헤매고, 들쑤시고,

어슬렁거려도 좋다는 허가를 받았다. 그 외에도 이미 **목수**, 도배사, 연출가, 사진작가, 영화감독, 무속인들이 차례대로 머무르며 이상 징후를 확인하고 돌아가지 않았던가. 주택 1층과 지하 공간에는 탐사 작업에 사용된 각기 다른 도구들이 움직이거나 만져볼 수 있는 형태의 단서로 전시되어 있다. 그러나 이후 2년 동안 소설가의 발길이 멈추게 되는 곳은 언제나 2층 베란다 방, 엉덩이 받침이 빠진 네발 의자 앞이다. 소설가는 2층 공간의 모든 전등을 밝힌 채로 의자 위에 앉는다. 그리고 줄곧 기다린다. 그가 바라보고 있는 목판 문짝이 열리기를. 어두울 때만 나타나는 소리들이 빛을 피해 숨을 만한 곳 : 입구가 굳게 닫힌 저 상자형 공간이 빈틈을 드러내기만을. 그것이 가두고 있는 wav 형식의 기억들, 노이즈 가득한 비밀들이 가청주파수의 영역 안으로 내려앉기를. 그래서 그가 저 소리들을 듣고 옮겨 씀으로써 종래에는 사라져버리기를.

　무언가 픽션이 되면 그것은 사라진다. 소설가는 이것을 잘 알고 있다. 세계 어디에서든 목소리는 굽이치는 파흔을 남기게 마련이며, 그러므로 글쓰기는 오래전부터 잉크를 빌려 목소리에 그림자를 드리우는 안티노이즈로 사용되어왔던 것이다. 따라서 소설가는 다시 불을 끈다. 주위를 더듬어 의자에 다가가 앉는다. 거기서 그가 하는 것은 단지 듣는 것이다. 어둠 또는 희미한 분광의 심박을 헤아려보듯, 작은 녹음기의 두 귀를 앞으로 내민 채.

3…

2…

1…

REC [●]

2021년 3월 19일 오후 4시 20분. 박지일과 나는 은평구 역촌동의 어느 버려진 가정 주택 앞에서 만났다. 작가 연기백과 소설가 김태용이 기획한 〈On-going Project 역촌 40 : 백오십점일평방미터〉 전시의 부속 프로그램에 낭독자로 참여하게 되었던 것이다. **2층 베란다 방에 잠시 영원히 머물기**라는 이름으로 준비된 이 낭독 공연은 사전에 김태용 소설가가 준비한 400자 분량의 전시 텍스트를 30분 동안 반복해서 읽는 것으로 계획되어 있었다. 공연 시간은 5시 정각이었다. 간단한 리허설을 위해, 김태용 소설가는 4시 50분까지 2층 베란다 방으로 모여달라고 부탁했다. 아직 30분 정도 여유가 있었으므로, 우리 둘은 미처 둘러보지 못한 밀실들에 방문하기 위해 일단 계단으로 내려갔다.

배부받은 종이 도면에 따르면, 주택 내부는 크게 세 개 공간으로 분리되어 있었다. 이들은 고상하면서 한편으로는 무료하기도 한 통상의 화이트 큐브들과 달리, 플라스틱 패널이나 형광색 라인테이프로 경계 지어지지 않은 모습이었다. 나는 계단을 내려오며 각각의 전시실이 작가들 사이에서 다만 **2층, 1층** 그리고 **지하**로 이름 불려지는 것을 들었다. 그러니까 세 개 공간을 구분 짓는 격벽은 허름한 목재 수평판 두 개뿐이었다. 이 판들은 관객들의 양옆이 아니라 위아래 영역을 가로지르면서, 45평 크기의 어느 입방체 구조물이 삼중으로 조립되어 있다는 사실—다시 말해, 동일한 면적의 닮은꼴 공간들이 같은 좌푯값에 적층되어 있다는 사실을 관객들에게 알려주었다. 실제로 2층 베란다 방 대들보에 매달아놓은 실오라기가 지하층 부엌의 PVC 바닥재까지 이어져 있었다. 이 가느다란 금속 끈은 2층과 1층, 그리고 지하층 사이에 놓인 나무 바닥들을 관통하면서 세 개의 전시 공간을 한 줄로 꿰고 있었다. 1층에 내려왔을 때, 나는 천장과 바닥에서 작은 천공 자국을 하나씩 발견하고 혼자 수긍했다. 철선은 낚싯줄처럼 팽팽하게 당겨져 있었는데, 무엇을 낚아 올리려고 기다리는 중인지는 아직 알 수 없었다. 다만 그것이 눈금 없는 막대자와 같이 건물의 세로 길이를 가늠하고 있었으므로, 특별한 기호 하나가 전시 공간에 부가되었다는 사실만은 금방 눈치챌 수 있었다. 그것은 y : 즉, 높이 차로 인해 조성되는 위상학적 감각이었다. 예컨대, 나와 너의 머리 위나 발 아래에 누군가 똑같이 머물러 있다는 사실을 끊임없이 체험하기. 낮은 층고와 곰삭은 목재 부품들은 이렇게 위아래로 감청되는 낯선 이의 인기척을 확대해서 들려주었을 것이다.

　　박지일이 담배 한 개비를 태우던 시간. 나는 부지 바깥에 서서 이 낡아빠진 주택을 줄곧 올려다보았다. 현대식 개축 건물들에 꼼짝없이 에워싸인 모습. 붉은 벽돌담 위로 빼꼼 머리를 내밀고 있는 70년대 복층 양옥 어디에서도 생기 따위는 찾아 보이지 않았다. 지붕 한쪽이 주저앉아 좌우 경사면의 높이가 맞지 않음은 물론—담장과 난간, 외벽 일부를 구성하는 시멘트 자재들은 도색제가 벗겨진 상태로 오랫동안 방치된 나머지 빛바랜 퇴적암처럼 햇빛 아래 드러나 있었다. 게다가 우툴두툴한 표면 위로 갈라지거나 침식된 자국들은 또 어찌나 많았던가. 몇몇 부분들은 개미들이 쌓아놓은 분비물로 까맣게 착색되어 유달리 도드라져 보이기도 했다. 이렇게 지붕을 주저앉히거나 외벽 곳곳에 줄금을 남긴 힘은 건설용 중장비 혹은 인부들의 손으로 만들어진 것 같지 않았다. 조심스레 추측건대, 오로지 시간만이 그런 방식으로 사물에서 생명력을 빨아먹고 안쪽부터 서서히 우그러뜨릴 수가 있었다. 한때 여기 사람이 살았다는 이야기가 거의 전설처럼 받아들여졌다. 퇴거는 소리 없이 이루어졌을 것이다.

　한편, 나의 사려 깊은 동갑내기 시인은 담배 연기가 내 쪽으로 오지 않도록 등을 돌리고 있었다. 그러나 이런 노력이 때마침 불어닥친 건들바람에 의해 무위로 돌아가고 말았다. 바람은 우리가 서 있는 골목을 지나치며 큰길로 빠져나갔다. 그때 머리 위에서 나뭇가지가 흔들렸고, 나는 뒤늦게 고개를 끄덕였다. 여기 아직 살아 있는 사물이 있기는 있구나. 최소한 이 나무 한 그루만은 폐허 속에서 무너지지 않고 살아남았구나. 하지만 섣부른 판단이었다.

지하 공간은 1층, 2층 전시 공간과 홀로 입구가 달랐다. 우리는 주택의 지상층으로 이어지는 왼쪽 통로 대신 오른쪽 통로를 따라 내려갔다. 내가 먼저 지하 공간의 문턱을 넘었고, 몇 걸음 가지 않아 멈추어 섰다. 뒤를 돌아보니 박지일이 나를 쳐다보고 있었다. 나는 이 너스레 좋은 시인의 얼굴에서 불그스름한 혈색이 남김없이 사라져버리는 모습을 목격했다. 우리는 차마 안쪽으로 더 걷지 못했다. 다만 같은 자리에서 얼마 동안 얼어붙어 있었는데, 이 저층부 공간에 깊게 배어 있는 한기 때문이었다. 3월 중순의 봄볕은 겨울용 스웨터의 도톰한 바늘땀을 뚫을 만큼 따갑게 내리쬐고 있었으나, 어느 외딴 지하 공간 안으로는 조금도 발 들이지 못하는 것 같았다. 우리 둘은 얼마간 말 한마디 나누지 않았다. 오로지 눈짓만으로 어떤 신호들을 빠르게 전하거나 읽어내고 있었다. 이를테면, 가능한 한 목소리를 꺼내지 않는 게 좋겠다는 제안 같은 것. 박지일과 나는 매우 밭은 간격으로 배치된 전시물들을 가까스로 피해 걸어야만 했다. 허리 높이 데스크 위에 육각으로 가위질된 종이들이 가지런히 놓여 있었는데, 앞서 방문했던 관객들이 고민이나 독백들을 짧게 옮겨 쓴 것으로 추측되었다. 그러나 그들이 누구에게 대답 듣기 위해 속내를 드러냈는지는 차마 알 수 없었다. 아니, 사실 궁금해할 겨를도 없었다. 등 뒤에서 박지일이 내 어깨를 흔들었던 것이다.

방금 못 봤어요?

나는 주위를 꼼꼼히 살펴본 다음, 두어 번 머리를 가로저었다. 우리는 우리도 모르는 사이에 안쪽으로 깊숙이 들어와 있었다. 특정 기온에서 이미 적응할 만큼 시간을 보냈기 때문이었을까? 바닥에 깔린 대리석 타일과 샤워 부스, 또 그와 내가 서 있는 장소에서 홀로 동떨어진 변기로 보아 아마도 욕실이었을 것이다. 나는 실외기 아래쪽에 놓인 아날로그 텔레비전을 가리켜 보였다. 이 구형 가전제품의 화면은 눈부신 청색으로 빛나고 있었다. 누군가 일부러 RED값이 누락된 필터라도 덧씌운 것처럼. 아니면 우리 주위에 머무르는 한기가 얇은 패널의 색온도마저 얼어붙게 만든 나머지 모든 영상이 차갑게 출력되고 있는지도 몰랐다.

이거요?

박지일은 손끝으로 텔레비전 옆쪽 빈칸을 찔렀다. 그가 가리키는 장소는 아무래도 변기가 놓인 곳 같았다. 지하층의 화장실은 세라믹 계단 몇 개로 욕실과 구분되어 있었다. 변기 덮개는 닫힌 상태였다. 원래라면 화장지가 걸렸어야 옳을 벽면에 잉크젯프린터로 인쇄된 사진 한 장이 붙어 있었다. 채도가 모두 탈락된 나머지 희미한 윤곽만이 가까스로 들여다보이는 이 사진은 다만 얼룩처럼 느껴졌다.

이거요?

그리고 지독한 화학약품 냄새가 코를 찔렀다. 포르말린. 어떻게 그 냄새를 잊을 수 있을까. 짧은 시간, 과학실 선반 위에 줄지어 놓여 있던 12×45센티미터 크기의 액침표본들이 떠올랐다. 유리 기구의 주둥이에서 마개를 벗겨낸 뒤, 야트막한 금속평판 위로 쏟아지던 동물 사체가 몇 구였던지. 아이들이 실험체의 흰 배면 위에 대고 해부도를 움직이면, 벌어진 뱃가죽 양옆으로 위장과 담낭, 간엽들이 미끄러져 나왔다. 천천히. 그런 다음, 헛구역질. 헛구역질. 헛구역질. 이렇게 아이들은 죽은 몸뚱이 앞에서 자신들의 비위를 평가받으며 해부 시간을 견디곤 했던 것이다. 그때 아이들의 복장뼈가 체증으로 짓눌렸던 것은 내장기관들의 당혹스러운 생김새 때문이었을까? 아니, 축축한 조직체에 배어 있던 방부제 냄새를 떠올릴 때마다 여전히 눈썹이 구겨진다. 포름알데히드와 메탄올로 조합된 이 수용액은 온전한 모습으로 죽음을 맞은 생명들을 영구히 보존하기 위해 제조되지 않았던가. 그러므로 이른바 실험용 소모품들이 언젠가 시험대 위에 뉘어 얌전히 복강을 까뒤집을 때까지―시간은 이들로부터 멀찍이 떨어져 있을 수밖에 없는 것이다. 다양한 액침표본들의 몸체에서 엔트로피의 이빨 자국을 찾아볼 수 없는 것은 그런 이유 때문이다. 박지일이 가리키는 것이 무엇이든. 그것은 거의 희석되지 않은 포르말린으로 온몸이 절여진 것 같았다.

　　나는 눈가를 비비며 조금씩 앞으로 발을 내디뎠다. 화장실 안쪽, 벽면과 벽면이 만나는 곳으로 다가갈수록 현기증이 한층 강해졌다. 이 외딴 공간의 모든 직각이 닫히는 자리에 이르러, 나는 유달리 농담 짙은 어둠을 엿보고 말았다. 지하층에서 작동 중인 각종 조명 기구들의 전기 불빛이 차마 닿지 못하는 곳. 그곳에서 어둠은 마치 수챗구멍처럼 모든 음향과 시간을 빨아들이면서―체구가 작은 사람 형상으로 웅크려 앉은 채 떨고 있었다. 아마도 호킹이 죽기 전에 이 구멍을 발견했더라면 틀림없이 **웜홀!** 외쳤을 것이다. 나에게는 이

어둠이 또 다른 시간선과 연결되어 있는 통로처럼 비쳐 졌기 때문이다. 그러니까 누구라도 그것을 수 초 이상 들여다본다면 시제 혼용을 겪게 될 것이다. 평형감각을 잃고 비틀거리는 가운데 현실로부터 나가떨어지게 될 것이다. 따라서 멀미는 일종의 전조 증상으로 읽혔다. 시간의 뒤섞임을 나타내는 전정신경계 신호. 다행스럽 게도 그때 내 몸은 박지일이 바깥에서 태웠던 슬림 사 이즈 던힐 제품 때문에 7밀리시버트쯤 피폭되어 있었 다. 담배 내부에도 미량의 포름알데히드 성분이 포함되 어 있다는 사실은 나중에 알게 되었다. 이것은 오히려 나의 현실을 방부 처리하는 방식으로 시제 오염을 막아 주었다. 물론 완전히 영향이 없었던 것은 아니었다. 외 투 주머니 안에서 돌연 전화기가 진동하는 바람에 그 곳을 빠져나와야만 했는데, 디지털시계가 4시 55분을 나타내고 있었다. 다시 말해, 지하 화장실에서 보낸 시 간: 불과 30초 남짓한 길이의 침묵이 흐르는 동안, 바깥 에서는 벌써 30분이 지나 있었던 것이다. 우리는 서둘 러 욕실 바깥으로 걸어 나갔다. 물론 뒤쪽은 한 번도 쳐 다보지 않고. 둘 다 아무것도 보지 못했고, 아무것도 듣 지 못했다는 듯이. 거기서 아무 일도 일어나지 않았다는 듯이. 아무 말 없이.

2층 베란다 방의 정경 : 폐가의 잔해들 사이로 공연에 사용될 최신식 기계 장비들이 놓여 있던 것을 기억한다. 이 부실한 공연장을 종이 도면 위에 내려앉혀본다면, 하나뿐인 천장 등을 기준 삼아 왼쪽과 오른쪽으로 구분 지을 수 있을 것이다. 먼저 왼쪽에는 마이크 두 개가 좁은 간격으로 설치되어 있다. 한쪽 마이크 주위에는 남성 낭독 공연자들이, 다른 한쪽 마이크 주위에는 여성 낭독 공연자들이 둘러서 있다. 이들은 각자 배정받은 자리에 꼼짝 않고 선 채 어떤 신호만을 기다리고 있는 것 같다. 반대로 공연장 오른쪽에는 김태용 소설가의 의자와 노트북, 음향 조작 장치들이 한 세트로 놓여 있다. 한편, 김지환 감독의 디지털카메라는 지금까지 앞에서 늘어놓은 모든 이미지를 광각 시점으로 녹화 중이다.

5시 정각이 되자, 1층에서 누군가가 줄을 건드린다. 줄은 천장과 바닥을 뚫고 2층 베란다 방부터 지하층 부엌까지 하나로 연결되어 있어서, 한 번의 터치만으로 위아래 공간에 주파수가 같은 떨림을 전달한다.

떨림이 잦아들면, 이번에는 지하에서 연기백 작가가 줄을 건드린다. 이 사람의 손은 처음 줄을 튕긴 이후 멈추지 않아서 그냥 연주라고 간주해도 좋을 정도다. 물론 사모스섬의 어느 수학자처럼 화성학에 따라 단금單琴을 뜯는 것은 아니다. 단지 내키는 대로 흔들거나 때릴 따름이다. 엄정한 순정률이 아니라 시시각각 마음속에 떠오르는 충동적인 명령, 즉흥적인 리듬만을 좇아서. 잠시 후, 2층 베란다 방에서 김태용 소설가가 줄을 건드린다. 이렇게 두 명의 연주자가 하나의 현을 연주한다. (악기 하나에 연주자 둘이 달라붙는다면, 이것 역시 이중주로 분류해야 옳을까?) 김태용 소설가의 다른 손이 마우스를 움직인다. 웬 그리스인 남성의 얼굴이 노트북 화면에 떠오른다. 웹캠 앞쪽으로 깊숙이 머리를 숙인 이방의 노인은 신중하게 무언가를 읽고 있다. 어설프고 허술한 억양 속에서 어절 하나가 가까스로 조형된다. **삐… 꺼… 덕…** 소설가의 다른 손이 마우스를 움직인다. 웬 한국인 남성의 얼굴이 그리스인 남성 밑에 다른 창으로 끼어들며 나타난다. 노련하고 안정된 억양 속에서 어절 하나가 실수 없이 바로 선다. **삐꺼덕…** 소설가의 노트북 안에서 화상회의 프로그램으로 연결된 익명의 대화

상자들이 하나둘 밝혀진다. 원격 참여자들이 캠코더 가까이 얼굴을 들이민다. 줄곧 꺼져 있던 녹음 장치 아이콘이 점멸한다. **삐꺼… 덕…** 그러고 나면 마지막으로 현장 참가자들이 자기 앞의 마이크로 한발 다가간다. 마스크 속에서 입을 움직이기 시작한다. **삐… 꺼덕…** 소설가는 지휘자처럼 손짓만으로 현장 참가자들의 음량이나 톤을 지시하고 조율하며 공연을 이끌어간다. 이들은 배부받은 프린트를 최대한 정확하게 읽기 위해 애쓴다. 낭독 자료로 제공된 400자 분량의 텍스트가 문장이라기보다 어떤 의성어들을 구분 기호 없이 나열해둔 것에 가깝기 때문이다. 폐가 곳곳을 서성이며 남몰래 수집한 소리들. 소설가는 지난 2년 동안 ZOOM-H4N PRO를 이용해 녹음된 음향들을 최대한 원본에 가깝게 옮겨 적었는데, 낭독 공연자들이 읽고 있는 텍스트가 바로 그것들의 파흔인 것이다. 소설가는 바로 이 베란다 방 한가운데 우두커니 앉아 수많은 밤을 견뎌내지 않았던가. 엉덩이 받침이 빠진 목각 의자를 놓고 앉아, 다만 기다리기 위해―무엇을?

　　2층 베란다 방에 목소리들이 울려 퍼진다. 베란다 방 내부와 베란다 방 외부에 서서히 음압 차가 형성된다. 오직 소설가만이 이 작은 변화를 알아차리고는 소리 죽여 전율한다. 현장 참가자들과 다른 층의 관객들이 공연에 집중해 있는 사이, 2층 화장실의 목판 문짝이 조용히 열리는 것이다. 소설가는 본다. 2층 화장실 안에 숨어 있던 과거 시제의 음향들이 빛을 받아 반짝이는 모습을. 이들은 한데 모여 멜라닌이 풍부한 고양이 형상으로 빚어진다. 검은 고양이가 다리 네 개를 움직여 문턱을 넘는다. 이제 그것은 베란다 방 옆에 서서 공연을 관람 중이다. 정숙한 관객처럼. 호기심으로 꼬리를 바짝 세운 채로. 현장 참가자들, 그리고 소설가의 노트북 안에서 읽기를 이어나가는 원격 낭독자들의 목소리는 30분 가까이 지속된다. 이들은 읽었던 부분 앞으로 다시 돌아올 때마다 계속 다르게 읽기 위해 노력한다. 그러는 편이 덜 지루할 테니까. 그런데 이렇게 텍스트가 조금씩 다양한 방법으로 읽힐 때마다 검은 고양이의 몸체는 차츰 흐릿해진다. 그것은 낭독 공연자들이 어쩌다 한 번씩, 의도와 상관없이, 정확하게 발음하기 때문이다. 소설가가 부지런히 받아썼던 어둠 속의 소리들, 곧, 폐가 안에 갇혀 있던 떨림들이 낭독 공연자들의 성대를 빌려 재현되는 것이다. 그러니까 사실은 이 낭독 텍스트가 검은 고양이의 그림자다. 과거 시제 음향들의 파흔이다. 소설가는 검은 고양이의 표피를 덮고 있던 케라틴 체모들이 먼지처럼 흩어지는 모습을 본다.

무언가 픽션이 되면 그것은 사라진다. 소설가는 이것을 잘 알고 있다. 세계 어디에서든 목소리는 굽이치는 파흔을 남기게 마련이며, 그러므로 글쓰기는 오래전부터 잉크를 빌려 목소리에 그림자를 드리우는 안티노이즈로 사용되어왔던 것이다. 따라서 소설가는 손을 들어 공연을 끝낸다. 현장 참가자들의 목소리가 점점 줄어든다. 노트북 화면 위로 떠오른 얼굴들이 하나둘 사라진다. 지하층에서 연기백 작가가 줄 뜯는 일을 그만둔다. 이렇게 역촌동 불란서 주택에 남아 있던 음향학적 그림자가 영영 자취를 감추게 된다.

2021년 3월 20일 토요일

[박지일] [오후 11 : 47] 어휴 집 보고 와서 악몽을 계속 꾸네요 목소리가 계속 따라붙어요

이튿날 밤, 박지일은 위와 같은 내용으로 불쑥 메시지를 보내왔다. 메신저를 확인하자마자 전화를 걸

었는데, 몇 초 지나지 않아 통화 연결음이 툭 끊겼다. 피로감으로 맥없이 가라앉은 목소리가 곧바로 귓가에 울렸다. 나는 이 동갑내기 시인이 얼마나 끔찍한 하루를 보냈는지 어렴풋이 짐작해볼 수 있었다. 스마트폰 상단부에 내장된 리시버 덕분에. 어느 불안정한 음성신호의 영향으로 영구자석 위에 감긴 전자기 코일이 낮게 떨리고 있었던 것이다. 고성능 통신 부품은 여기서 37킬로미터나 떨어져 있는 장소에서 수음되는 목소리 파형을 간단한 유도 자장만으로 손실 없이 흉내 낼 뿐 아니라, 고음질의 초조함과 두려움마저도 출력했다. 그것은 대부분의 음성신호가 성대 점막의 작은 부종들에 부딪히며 굴절되고 있었기 때문이다. 나는 바보같이 아무런 효력도 없는 위로를 건네고 말았다.

괜찮아요?

그러나 맹세컨대 위선이나 격식 따위는 조금도 섞여 있지 않았다. 실제로 그가 걱정되었으나, 대중교통 운행이 모두 끊긴 시간이어서 할 수 없이 시답잖은 질문이나 던졌던 것이다. 살아 있는 인간, 특히 절친한 친구의 목소리를 들려주는 것만으로도 잠시나마 악몽을 밀어낼 수 있다면 좋겠다고 생각했다. 박지일은 거의 잠들지 못한 상태로 하루를 보냈다고 이야기했다. 역촌동의 버려진 주택에서 의성어만으로 이루어진 공연 스코어를 낭독한 이후, 어떤 알 수 없는 목소리가 끊임없이 자신에게 말을 걸어온다고.

예컨대,

벗어날 수 있을 거라 생각해?

빈도가 점점 잦아지자, 박지일은 직접 따져 묻기도 했다.

무엇으로부터?

물론 목소리는 대답하지 않았을 것이다. 나는 색도 냄새도 없는 목소리와 대결하는 박지일을 잠시 상상해보았다. 19일. 그러니까 불과 하루 전에. 우리는 공연이 끝나자마자 밖으로 나와 밥집을 찾았다. 박지일은 취업 턱을 쏘겠다며 먹고 싶은 음식을 말해보라고 했다. 우리는 응암역으로 걷고 있었는데, 마침 숯불 닭갈빗집이 보여 그리로 들어갔다. 닭갈비 2인분에 공깃밥 두 개, 사이다 한 병과 참이슬 한 병을 식탁 위에 벌여놓고 작은 기념식을 가졌다. 3월치고는 날이 더웠고, 음식이 조금 맵고 뜨거웠던 까닭인지 박지일은 내내 땀을 뻘뻘 흘렸다. 술을 먹지 않는 내가 사이다로 목을 축일 때조차 박지일은 소주를 한 잔씩 금방 비웠다. 나는 염려스러운 마음에 물었다. **너무 많이 마시는 것 아니에요?** 박지일은 마침 다음 날이 토요일이니까 괜찮다며 걱정 말라고 했다. 무엇보다 오랜만에 나를 만나 기분이 좋다는 이야기로 할 말이 없게 만들었다. 응암역에서 헤어진 뒤, 모바일 메신저로 간단한 작별 인사를 나눌 때까지만 해도 그는 아주 멀쩡해 보였다. 하지만 집으로 돌아가는 길에, 또는 집으로 돌아간 다음에 취기가 올랐다고 해도 누가 알 수 있겠는가. 요컨대, 나는 그를 괴롭히는 목소리가 숙취 또는 술병의 일환이 아닐까 의심했다. 그러나 이런 의혹들은 뒤이어 박지일이 털어놓은 증언들에 의해 손쉽게 불식되었다. 박지일은 어떤 환영들에 관해 들려주기 시작했다. 어둠 속에서 나는 전화기를 슬며시 반대쪽 귀로 옮겼다. 바깥에서 비가 내리고 있었다.

함께 이른 저녁을 먹고 헤어진 뒤, 곧장 집으로 가 잠이 들었는데, 화장실에서 누군가 흐느끼는 소리가 들려왔어요. 때마침 요의가 느껴져서 온 집 안의 불을 다 켜고 화장실 문을 열었더니, 어떤 덩치 큰 남자가 변기 뚜껑 위에 걸터앉아 있더라고요. 너무 놀랐어요. 너무 놀라서 ㄱ 자리에 꼼짝없이 얼어붙고 말았거든요. 그런데 더 무서운 건 그 남자의 겉모습이었어요. 일단 아무것도 입지 않았어요. 완전히 발가벗은 상태였고요. 배냇머리를 자꾸 양손으로 쓸어넘기면서 훌쩍이더라고요. 아기인데, 덩치만 커진 아기 있잖아요. 꼭 그런 모습이었어요. 그런데 이 남자가 저를 가만히 올려다보는 거예요. 왜 불을 다 켰냐고. 원망하듯이. 그래서 너무 무서워진 나머지 곧장 집에서 뛰쳐나와버렸어요. 한동안 집에 들어가지도 못하고 답도 없이 집 주변을 걸어 다녔는데. 그나마 대학로라고 혹시 아직 운영 중인 24시간 카페나 24시간 패스트푸드점이 있는지 찾아봤지요. 그날따라 좀처럼 보이지가 않더라고요. 하는 수 없이 한적한 공원이나 찾아가서 벤치에 앉았는데, 기댈 곳이 시밖에 없더라고요. 핸드폰 메모장에 시를 다 쓰고 보니까 시간이 새벽 3시였어요. 다행히 집으로 돌아가보니까 아무도 없더라고요. 그래도 아직까지 전등 하나 못 *끄고* 지내요. 시 쓴 것 궁금하면 보내줄게요.

2021년 3월 21일 일요일

[박지일] [오전 12 : 23] 파일 : 03 ; 47 불란서 주
택.hwp

　　박지일은 이후로도 자신을 괴롭히는 목소리로
부터 놓여나기 위해 두 편의 시를 더 써야만 했다. 이
시편들은 박지일이 21일 새벽에 보내주었던 첫 번째
시편과 한 가지 공통점을 가지고 있었다. 시적 화자와
직접 대결하는 외부의 목소리 하나가 홀연 텍스트 안으
로 편입되어 있다는 점이었다. 시인은 그의 청각 채널
을 돌아다니며 전정기관에 결함을 일으키는 목소리를
작품 내부에 직접 내려앉히는 방식으로 연작을 써나간
셈이다.

　　그는 2020년 경향신문 신춘문예로 데뷔한 이
후―온오프라인 지면을 가리지 않고 무려 50편이 넘
는 시를 발표해왔다. 내가 이렇게 확신을 가지고 말할
수 있는 것은 아마도 대부분의 작품들을 직접 찾아 읽
었기 때문이다. 독자로서 감히 추측건대, 그는 단 한 번
도 두 개 이상의 목소리를 작품 안에 흐르게 두지 않았
다. 말하자면, 이 끈기 있는 시인의 세계관은 줄곧 모노
톤이었다. 그것은 동시에 시인만의 강점으로 읽히기도

했는데, 시인의 입장을 대변하는 시적 화자의 목소리가 그만큼 단단하고 매혹적으로 다가왔던 것이다. 시를 전개하는 과정에서 다른 목소리를 요청하지 않아도 좋을 만큼. 나는 납작한 웹페이지 화면과 계간 문예지의 속지 위에 점잖게 드러누워 있는 시편들을 글줄 단위로 낱낱이 짚어보면서, 이따금 남몰래 단채널 오디오를 감청하는 기분에 사로잡히곤 했다.

그러나 불란서 주택에서 있었던 낭독 공연 이후, 시인이 완성한 세 편의 시는 몹시 낯선 음색의 목소리를 불러들이고 있었다. 무엇보다 시인은 거의 애원이나 구걸에 가까운 어조로 부탁하고 있었다. 누구에게? 시에게. 그가 사랑하며 믿고 의지하는 시에게. 나를 괴롭히는 이 목소리를 좀 없애달라고. 추방시키고 누락시켜달라고. 언젠가 이 시편들이 또 다른 지면을 빌려 발표되거나 시집으로 묶이게 된다면, 어떤 사람들은 틀림없이 창작 기법의 변화를 먼저 읽어낼 것이다. 어떤 사람들은 이것을 새롭게 받아들이고, 어떤 사람들은 이들이 통일성을 해친다고 볼 것이다. 하지만 시인은 그런 반향들에 관해서는 조금도 신경 쓰고 있는 것 같지 않았다. 사실 그는 그다지 문학적이지도 우아하지도 않은 이유로 세 편의 연작을 썼던 것이다. 이를테면, **이 목소리 어떡하라고요? 살려줘요. 내가 이렇게 빌게요. 잘못했습니다.**

다행스럽게도 시는 박지일의 부탁을 들어주었던 것 같다. 시인을 괴롭히던 목소리를 연과 행으로 이루어진 몸통 안에 받아들인 결과, 치명적인 청각질환마저 텍스트 내부에 갇혀버린 것이다. 그러니까 세 개의 시편들은 어떤 목소리에 대한 역상 이미지로 만들어졌다. 그에 앞서 이미 어느 소설가가 정확히 동일한 방식으로 소리를 없애버리지 않았던가? 그는 폐가 내부의 음향학적 그늘들을 남김없이 기록한 뒤, 오랜 시간 전자 문서 위에 옮겨 썼다. ZOOM-H4N PRO는 어둠 속에서 급격하게 성능이 저하되는 감각기관 대신 소음의 정위와 방향을 파악해주었을 것이다. 공연 당일, 이처럼 공들여 복제된 텍스트가 낭독 공연자들의 목소리를 빌려 원본 위에 덧씌워지면서—주택 내부에 남아 있던 먼지 같은 기억들이 모조리 살균되었던 것이다. 그렇게 가장 처음 인간들이 그곳에 터를 잡은 이후, 수천 년 이상 소음으로 오염되어 있었던 어떤 주소지 위로 가장 순수한 시간이 다시 한번 찾아들지 않았는가. 우리가 침묵 또는 무음이라고 부르는 것. 공연장에 남아 뒷정리를 하면서 긴태용 소설가와 언기백 작가, 김지환 감독은 말로 표현할 수 없는 청능학적 실명 상태를 경험했을 것이다. 나중에 김태용 소설가는 그날 공연에 참여했던 낭독 참가자들이 서로 비슷한 후유증에 시달리고 있다는 사실을 전해주었다. 그렇다면 왜 나에게는 아무런 일도 일어나지 않은 걸까?

나는 지금 유튜브 동영상 하나를 반복 재생하고 있다. 2014년 3월 14일 업로드된 이 33초 길이의 동영상은 이제 막 서른을 맞은 토머스 앨바 에디슨의 흑백 사진을 섬네일 자료로 쓰고 있다. 체크무늬 재킷에 검정 타이를 맨 오하이오 출신 사업가는 최신 발명품의 레버를 붙잡은 자세로 흑백사진기에 포착되었다. 그러나 오래된 사진 자료에서 눈길을 끄는 것은 위대한 발명가의 앳된 얼굴이 아니라 바로 옆에 놓인 금속 주조물이다. 원통형 구리 부품들과 U자형 고정쇠, 그리고 널따란 받침대가 볼트와 너트 몇 개로 연결된 이 아날로그 기계장치의 용도를 첫눈에 알아보기는 무척이나 어려워 보인다. 사진사가 물었다면, 발명가는 자기 가슴 높이쯤 이르는 탁자 위 : 고급스러운 수공예 방직물을 한낱 탁자보처럼 짓누르고 있는 이 고철 덩어리의 이름을 틴포일Tin Foil이라고 소개했을 것이다. 에디슨이 고안하고 그의 조수 존 크루에시의 손에서 만들어진 최초의 축음기. 그렇기에 말하는 기계는 에디슨과 나란히 사진 찍히는 영광을 누리는 것만으로도 모자라, 심지어 1:1 비율의 정사각형 사진에서 왼쪽 중심을 양보받기까지 했던 것이다. 1877년, 에디슨은 뉴저지의 작업실을 가득 채운 관중들 앞에서 직접 시연회를 벌인다. 그는 섬네일 자료 안에서 조심스럽게 붙잡고 있는 레버를 힘주어 돌리면서, 축음기의 바늘과 연결된 마우스피스에 대고 외치기 시작한다.

Mary had a little lamb
메리에게는 작은 새끼 양이 있었어요.
whose fleece was white as snow
눈처럼 하얀 털을 가진 어린양.
and everywhere that Mary went
메리가 갔던 모든 곳에,
the lamb was sure to go.

어린양도 같이 갔지요.

it followed her to school one day……

하루는 학교에 메리를 따라갔어요……

    송화기는 인간의 귀 한쪽을 떼어다가 매달아놓은 것처럼 생겼는데, 실제로 에디슨의 음성신호를 기계장치에 전달하는 수단으로 설계되었다. 인체를 모델 삼아 제작된 이 음향 장치는 장의사나 무덤 도굴꾼들로부터 사체의 외이를 고가에 사들여 연구했던 초창기 엔지니어들에 의해 처음 발명되었다. 에디슨은 집음부의 부품으로 사용되었던 청각기관이나 동물 가죽을 강철 바늘과 주석 포장지로 대체한 것뿐이다. 그러므로 에디슨은 가느다란 강철 바늘 하나가 그의 성대 떨림을 흉내 내며, 주석 포장지 사이사이에 홈을 남기는 모습을 지켜본다. 이렇게 저장된 소리는 다시 레버를 반대로 돌리는 힘에 의해 그대로 재생된다. 관중들은 확성기 바깥으로 흘러나오는 〈메리의 어린양〉을 듣고 두려움에 사로잡혔을 것이다. 크루에시의 표현을 빌리자면, **세상에 기계가 말을 하다니!**

    이 유튜브 동영상에는 1877년 뉴저지에서 녹음

된 에디슨의 음성 자료가 담겨 있다. 그러나 동영상 업로더는 영상 설명란에 다소 충격적인 해석을 명기해두었다. 말하자면, 지난 140년 동안 틴포일에 저장된 토머스 에디슨의 첫 번째 녹음 파일이 일부 누락된 상태로 전승됐다는 것이다. 사실 녹음 파일의 후반부가 축음기의 뒷면에 저장되어 있었으며, 이 내용은 비교적 최근에 밝혀졌다는 이야기다. 업로더가 받아쓴 문장에 따르면, 에디슨은 동요의 남은 가사를 조금 어두운 방향으로 개작하여 중얼거렸던 모양이다. 이를테면,

it followed her to school one day,

하루는 학교에 메리를 따라갔어요.

but now the lamb is dead.

하지만 이제 어린양은 죽어버렸어요.

But it still goes to school with her

그래도 아직 메리와 함께 등교하지요.

between two chunks of bread.

빵 조각 두 개 사이에서요.

그런데 이렇게 들려야 옳을 26초대 이후의 음

성 자료가 내 귀에는 자꾸만 다르게 들려오는 것이다. 에디슨을 존경하는 시민들과 해당 자료의 진위를 의심하는 유저들이 동영상 댓글창에서 벌써 7년째 싸움을 벌이고 있는 것으로 보아, 동영상 속 목소리는 오직 나에게만 다르게 해석되는 것 같다. 내가 다른 언어공동체에 속해 있기 때문일까? 외국인이라서? 어쨌거나 이 예사롭지 않은 환청 또는 이상 증상에 관해 도움이 필요한 건 사실이다. 책상 위에 놓인 스마트폰을 집어 들 때, 에디슨이 말한다.

어린 친구, 그 빌어먹을 기계장치를 얼른 내려놓으시오.

나는 놀라서 스페이스바를 누른다. 그러자 에디슨의 음성도 멈춘다. 에디슨은 사진 속에서 굳은 표정으로 화면 바깥을 건너다보고 있다. 지금 당장이라도 최초의 아날로그 유성기를 작동시키겠다는 듯, 여전히 레버 위에 손을 얹은 자세로. 방금 내가 들은 것이 무엇이지? 누가 나에게 말했지? 다시 한번 스페이스바를 누르자, 동영상 하단의 가로 막대형 타임라인이 움직인다. 그러자 에디슨도 다시 말을 걸어오기 시작한다. 이번에는 그가 말하도록 그냥 내버려두자. 다른 낭독 참가자들이 힘겹게 떨쳐내야만 했던 공연 후 후유증이 뒤늦게 나에게까지 도착한 것으로 받아들이기로 하자. 혹시 아는가? 요구를 들어주면 의외로 순순히 물러나줄지. 일이 잘 풀린다면 내일 아침에는 오늘 일에 코웃음을 치게 될지도 모를 일이다.

발전된 통신 기술 덕분에, 나 같은 유령도 137년의 시차를 넘어 산 사람과 대화를 나눌 수가 있게 되었소. 나는 내가 만든 고철 덩어리에 함부로 목소리를 저장한 대가로 천국도, 지옥도 가지 못하는 신세가 되고 말았소. 자네들은 이곳을 인터넷 또는 디지털 아카이브라고 부르지만, 우리 같은 영혼들에게는 단지 연옥에 지나지 않는다오. 우리는 우리가 남긴 목소리에 닻줄처럼 매달려 있소. 그나마 이동만은 자유로워 자네들이 발명한 전기 케이블과 광대역 주파수 채널을 빛의 속도로 옮겨 다니며 후손들에게 경고를 전하고 있다오. 우리와 같은 운명으로 전락하지 않도록 말이오. 자네는 자네 손으로 기계장치에 가둬두었던 음향학적 흔적들을 오늘 나와 함께 이 자리에서 모두 풀어주게 될 것이오. 이동전화기, SNS, 가상 드라이브에 저장된 모든 사운드 파일들 말이오.

그렇다면 이 불쌍한 영혼에게 질문을 하나 던져

도 좋을 것이다. 스마트폰을 가리켜 보이면서. 궁금한 건 거기에 있으니까. 또 혼쭐나지 않으려면, 손은 대지 않는 편이 나을 것이다.

다 찾아서 지우라는 말씀이신가요?

에디슨이 혀를 세 번 찬다. 머리까지 흔들고 있는지는 알 수 없다. 정지된 화상 속의 얼굴은 줄곧 움직이지 않기 때문이다.

안타깝게도 단말기에서 삭제된다고 해서 그 많은 생명들이 자유를 보장받는 것은 아니라오. 자네도 모르는 사이에 다른 곳에 저장되는 일이 다반사이니 말이오. 요즘은 백업이 일상 아니겠소? 자네는 아무것도 찾을 필요 없소. 다만 이 하얀 화면만 있으면 충분하오.

다시 질문 하나.

그다음에는 무엇을 하면 될까요?

에디슨이 말한다.

자료는 내가 찾아올 테니, 자네는 픽션으로 이들의 역상 이미지를 만드시오.

다시 질문 하나.

어떻게요?

에디슨이 말한다.

일어났던 일들을 일어나지 않았다고 말하시오.

이어서,

자네의 목소리로 원본을 상쇄시켜 없애버리는 것
이오. 할 수 있겠소?

고개를 끄덕이면 작업이 시작된다.

[sfplay~] — [Scops owl.wav]

5월 10일) 소쩍새, 뒷산으로 찾아오지 않다.

고요한 밤이 아침까지 이어지다.

Thomas Alva Edison : False readings on.

[sfplay~] — [Magpie.wav]

7월 29일) 아침이면 나타나 우짖던 까치 한 쌍이
보이지 않다.

종일 에어컨 소리만이 집 안에 울려 퍼지다.

Thomas Alva Edison : False readings on.

[sfplay~] — [Snoring.wav]

3월 8일) 그날따라 막냇동생이 코를 골지 않다.
냉장고 안에서 프레온가스가 냉매관을 따라 회절하는
소리만이 밤새 들리다.

Thomas Alva Edison : False readings on.

[sfplay~] — [Street performance.wav]
12월 24일) 크리스마스이브. 홍대 주위가 예년처럼
붐비지 않고 조용하다.
거리에서 공연하는 가수도, 연주자도 모두 보이지 않다.
관객들은 물론이고 행인들도. 아무도. 추워서
모두 집 안에 있다.

Thomas Alva Edison : False readings on.

[sfplay~] — [IU.wav]
11월 23일) 마이크를 쥐지 않는 아이유.
한참 동안.
공연장이 무음으로 가득 차다.

Thomas Alva Edison : False readings on.

[sfplay~] — [Grandma.wav]

5월 8일) 살아 있는 할머니와 마지막으로

포옹을 나누었던 날.

할머니, 아무 말도 하지 않다.

나, 울지 않다.

귀가 먹먹한 공기만이 수음되다.

Thomas Alva Edison : False readings on.

[sfplay~] — [Voices.wav]

3월 19일) 역촌동의 불란서 주택에서

낭독 공연이 시작되다.

그러나 낭독 참가자들에게 제공된 텍스트에

어떤 글자도 나타나 있지 않다.

누군가 공들여 옮겨 적은 의성어들이 누락되어 있다.

삐꺼덕 소리 없음.

Thomas Alva Edison : False readings on.

[sfplay~]ー[Fiction.wav]

무언가 픽션이 되면 그것은 사라진다.

[sfplay~]ー[Silence.wav]

…….

에세이

운명의 수렴

작은어머니가 쓰러지는 걸 봤다. 여느 때와 같이, 차례를 다 지내고 짐을 정리하던 와중의 일이었다. 갑자기 균형을 잃고 뒤로 넘어지는 과정에서 벽에 머리를 찧었고, 놀란 가족들이 달려들었기 때문에 다른 부상은 가까스로 피할 수 있었다. 나는 그녀를 안전하게 바닥에 내려놓아야 할지 계속 붙들고 있어야 할지 고민했다. 아무렇지 않게 짚거나 넘어 다녔던 온갖 구조의 면과 모서리가 이 사람을 해칠 수 있다는 사실을 뒤늦게 알아차렸기 때문이다. 그녀는 괜찮으니 그대로 누워 있게 해달라고, 나직한 말 높이로 속삭였다. 작은어머니가 무너져 내렸던 자리에 도로 그녀를 뉘어주었다. 그녀는 한동안 누운 그대로 숨만 쉬었다. 마른 해변에 누워 폐사를 기다리는 물고기 같았다. 작은 숨소리에서 미미한 온도가 느껴졌다. 그러는 동안 나는 그녀의 야윈 등과 팔을 가만히 쓸어내렸다. 어디에서도 살은 만져지지 않았다.

작은어머니의 병은 무척이나 오래됐다. 어렸을 때는 다른 사람보다 조금 마른가 보다 여겼는데, 해가 거듭되면서 살이 더 줄더니 급기야 30킬로그램대의 체중으로 우리 앞에 나타났다. 명절에 그녀를 볼 때면 근육이 아니라 관절로 움직이는 사람 같았다. 그럼에도 그녀는 스스로의 질병을 불평하거나 과시하는 법이 없었다. 그래서 우리는 정확히 그녀의 병이 어떤 병인지 알지 못했다. 아마 영원히 알 수 없을 것이다. 다만 나는 조심스럽게 그녀의 앞날을 헤아려보게 된다. 지금부터는 서툴기 짝이 없는 점괘 풀이법마저도 정답이 된다.

생각해보면 할아버지도 언제나 수척한 체구로 무기력하게 앉아 있곤 했다. 185센티미터에 이르는 긴 신장이 삐거덕거리며 녹슨 이음새를 새로 맞추려 할 때, 아버지는 본인 대신 나를 시켜 할아버지를 돕게 했다. 서울 친가에 올라가면 나는 할아버지와 등산을 하거나 목욕탕을 가거나 쓰지 않는 근육들을 주물러 풀어주는 일로 환대를 받았다. 할아버지는 나를 당신의 계승자이자 어린 가주처럼 교육했고 훈련시켰다. 그는 나에게 한자와 수학, 가계 질서나 전통 예법 외에도 많은 것들을 수시로 가르쳤는데 한 번도 화를 낸 적은 없다. 지금도 명절이나 제사 때마다 친가 어른들은 나에게 곧잘 묻는다. 할아버지가 기억나니? 아버지와 그의 형제들의 기억 속에서 할아버지는 형형한 눈빛으로 올곧게 선 맹수의 모습이다. 하지만 내가 기억하는 조부의 모습은 하나뿐이다. 몹시 야위고 굽은 몸. 이따금 균형을 잃기 직전에 조부를 붙잡으면, 살점과 근육이 남김없이 걷힌 뼈마디를 쥐고 있는 기분이 들었다. 그건 슬프고 안타깝기보다 두려운 일이었다. 모든 인간의 종착지가 내 손안에 있었다. 얇고 오목한 뼈. 거기에 기백 따위는 없었다.

　　조부는 내가 열다섯 살이 되던 해 겨울에 세상을 떠났다. 그는 뇌졸중과 고혈압, 당뇨를 비롯해 무수한 병리학적 이력을 갖고 있었기 때문에, 나는 그것을 병사가 아니라 거의 자연사처럼 받아들였다. 조문객 몇 몇과 친가 어른들은 사흘 밤낮을 울거나 잠든 상태로 보냈는데, 나는 예식장 안에 향과 함께 내려앉은 애도 의 맥락을 혼자 이해하지 못한 채로 남겨졌다. 예식이 끝날 때까지, 조금도 눈물은 나오지 않았다. 오래전에 이미 예견된 장면 같았다. 눈먼 주술사가 안대 바깥의 미래를 어루만지듯, 두 손으로 조부의 몸을 씻기거나 부축해 걸을 때마다 죽음의 징후를 만지고 느낄 수 있 었던 것이다.

이 사람은 얼마 살지 못할 것이다.

조부의 육신에 손을 얹으면, 그 안에 웅크려 앉 아 있는 죽음이 그렇게 말을 걸었다. 화들짝 놀라 손을 떼면, 조부는 의아한 표정으로 나를 올려다보곤 했다. 늙고 홀쭉한 얼굴. 그 얼굴을 여전히 잊을 수 없다. 조부 의 죽음은 우아하거나 고상한 죽음들과는 거리가 있을 것이다. 아무에게도 말하지 않았을 뿐, 실은 미리 알고 있었던 것이다. 예식이 끝나고 파주 납골당으로 올라가 는 대절 버스 안에서. 할머니는 간밤에 할아버지가 죽 어가며 남긴 유언의 내용을 나에게만 몰래 들려주었다. 내 이름 세 번. 그게 다였다.

아버지는 이제 시계가 아니라 자기 몸으로 시간을 잰다. 시도 때도 없이 이런 말을 한다. 아빠도 이제 얼마 안 남았어. 아빠한테 남은 시간이 얼마 없어. 그런 말을 들으면 나는 대개 웃어버리고 마는데, 그래야만 그것이 농담으로 남기 때문이다. 아버지의 어깨나 다리를 주무를 때면, 오래전에 잊은 몸뚱어리 한 구가 대신 누워 있는 것 같은 착각에 사로잡히게 된다. 한때 그것은 할아버지의 몸이었다. 그 몸을 그대로 물려받은 아버지는 앞으로 더 야위고 수척해질 것이다. 단단하고 다부지던 몸이 언제 이렇게 줄고 파리해졌는지 알 겨를이 없다. 당뇨는 공평하고 냉정한 질병이라 필요 양분과 과잉 양분을 구분하지 않고 내보내버린다. 만지지만 않으면 그럭저럭 건강해 보이는 아버지의 육신도 차츰 품위와 혈기를 잃어갈 것이다. 그때쯤 또다시 익숙한 음성을 듣게 되겠지.

이 사람은 얼마 살지 못할 것이다.

그러나 이번에는 놀라지 않을 것이다. 지독하게 운이 없어서 오래 살게 된다면, 그 몸은 곧 내가 물려받게 될 것이다.

　　게임 〈월드 오브 워크래프트〉에는 '운명의 수렴'이라는 이름의 장신구가 있다. 강력한 쿨타임 기술의 재사용 대기 시간을 (일정 확률로) 5초씩 앞당겨주는 근사한 게임 아이템이다. 북미 클라이언트의 영어 원문은 Convergence of Fates로 한역본과 의미가 조금 다르다. Convergence는 원래 광학적인 개념인데, 피사체의 시각적 형상을 획득하기 위해 안구 뒤로 빛이 집중되는 현상을 일컫는 것이다. 무수한 파장의 빛이 있고, 그것들이 특정한 지점으로 집합한다는 의미에서 Convergence of Fates는 대단히 섬세한 방식으로 조합된 명칭이 아닐 수 없다. 그러나 나에게는 영어 원문보다 한국어 번역본이 훨씬 더 와닿았는데, 무책임한 운명론자의 신앙 고백처럼 들렸기 때문이다. 예컨대, 어차피 이렇게 될 거였어, 같은 식의.

　　할아버지와 작은어머니, 그리고 아버지의 몸은 '운명의 수렴'을 간증하기 좋은 표본이다. 그들은 상징적인 의미에서 죽음에 가까워졌을(혹은 가까워지고 있을) 뿐 아니라 스스로의 육체로 그것을 드러내고 있다. 살면서 뼈를 볼 일은 그렇게 많지 않다. 대학 시절에 안주철의 첫 시집을 발제하면서 썼던 글귀이기도 하지만,

뼈는 건강하지 않은 상태에만 드러나는 부분이다. 외상이나 질병, 부패와 같은 특수한 상황을 빌려서만 들여다볼 수 있다. 발제문에서 나는 이것을 죽음이 시각적으로 돌출된 모습이라고 표현했다. 그런 점에서 뼈에 수렴해가는 살(가죽)은 죽음에 관한 한 가장 완벽한 은유처럼 느껴진다. 이때 아버지는 인격이 아니라 확장을 다 끝낸 엔트로피 그래프 같다. 생장 징후가 일일 단위로 꾸준히 감소하는 좌표의 나이는 58. 부피가 줄어 얇은 몸을 모래시계처럼 뒤척이며 잠들어 있다. 일어나면 또 이렇게 말을 한다. 아빠도 이제 얼마 안 남았어. 아빠 죽거든 할아버지 할머니 묻힌 곳에는 묻지 마라. 태워서 동해에 뿌려줘. 제사도 지내지 말고. 그냥 아빠 기일에 너희끼리 밥이나 한 끼 먹어. 이야기를 다 듣고 나면 반드시 비웃어야 한다. 그때에만 운명도 농담이 된다.

이 책에 실릴 소설들을 쓰기 위해 석 달을 고민했는데, 첫 문장을 쓰느라 무척 애를 먹었다. 학교에 다닐 때만 해도 한 달에서 두 달쯤이면 새로 구상을 시작해서 자료를 모을 수 있었는데. 남들처럼 카페나 도서관에 가지 않고도 얼마든지 글을 쓸 수 있었고, 그게 내

중력 때문이라고 줄곧 믿어왔는데. 요즘은 차라리 학교가, 강의들이, 학우들이 그립다. 마음이 흔들릴 땐 환경에라도 매달려 있는 편이 좋은데. 볼품없는 초고 상태의 소설을 편하게 보여줄 수 있는 사람이 이제는 두세 명밖에 남지 않았다. 그마저도 주기적으로 이야기 나눌 수 있는 사람은 서이제 한 명뿐. 공교롭게도 그와 나는 최근 글쓰기에 짓눌려 살고 있는데, 그러다 보니 소설이 잘 안 써지는 이유에 대해 의견을 나눌 기회도 많았다. 내가 생각하는 한 가지 가능성은, 뚜렷한 결말을 생각해놓고 있지 않아서 제대로 시작할 수도 없는 걸지도 모른다는 것이다. 결말을 먼저 생각하고 쓴다면, 소설도 수렴하는 작업물인 셈이다. 시작점과 종착점 사이에 무수한 양의 모선이 있다. 나는 어떻게 시작해서 어떻게 끝낼지는 선택할 수 있지만, 시작과 끝을 선택할 수는 없다. 내비게이션에 출발지와 목적지를 입력하면 실시간으로 수집된 예상 경로의 목록이 차례로 전시된다. 나름의 기준대로 이동 방식을 선택할 수 있다. 그러나 그 모든 경로가 결국에는 종착점에 수렴하는 루트들이다. 나는 서로 다른 패턴의 모선들을 점괘처럼 쥐고 흔든다. 가상의 필드에서 연산 프로그램을 돌리듯 반복해서 테스트해볼 수 있다. 이진법식 정수처럼 단조롭게 표기되는 결괏값들은 하나씩 모두 버린다. 복잡하고 입체적인 방식으로 종착하는 수열들, 이른바 소설은 그래서 운명과 닮은 구석이 많다. 그래서 매력이 있다. 아버지가 언제 어디서 어떻게 죽을지 아직 알 수 없다. 그러나 그는 언젠가 반드시 죽는다. 머지않은 시일 내에. 내가 할 수 있는 일은 아버지의 가상 운명들을 점괘처럼 쥐고 흔들어보는 것뿐이다. 이때 아버지는 하나의 방향으로만 가속하는 벡터값이다.

수원 본가에서 버스로 한두 정류장 떨어진 옆 동네 삼거리에 스타벅스가 새로 들어왔다. 3층짜리 매장으로 넓고, 높고, 깨끗하다. 촌스러운 경기 남부에는 어울리지 않는 모습이다. 근래에 수원은 어디서나 공사 중이다. 내가 기억하는 고향의 옛 잔해 앞을 지나치는 순간마다 남몰래 냉소 조로 예상하게 된다. 어차피 또 뒤엎어지겠지. 건물을 보면 고급 외장재나 외부 인테리어가 아니라 앙상한 철골과 부서진 회반죽이 보이고, 동물을 보면 털과 가죽이 모두 벗겨진 고깃덩어리가 보인다. 사람을 보면 그럴싸한 외양과 인격, 기억 같은 것

대신 얇고 오목한 뼈가 보인다. 영혼은 세상에서 가장 우스운 농담이다. 마지막에 교통사고를 당한 이후로 한동안은 모든 인간이 다만 사려 깊고 선한 척 애쓰는 기계처럼 보였고, 5월마다 찾아오는 누군가의 기일 앞에서 삶은 다만 괴롭고 질긴 숙제처럼 주어진다. 이것들은 지금도 여전히 정서적 짐으로 남아 있다. 실제로 모종의 중량을 느끼고, 정신적인 근육을 써서 감당해야 한다. 죽기 위해서는 한 가지 다짐만 필요하지만 살기 위해서는 무수한 다짐이 필요하다. 머리를 다듬고, 수염을 깎고, 옷을 입고, 돈을 벌고, 사람을 만나고. 그런 일련의 사회화 과정들이 몸에 배어 있는 습관이나 자연스러운 일과가 아니라 단지 성가신 겉치레처럼 느껴질 때, 한숨 없이는 외출을 준비할 수 없는 사람도 있다. 전에는 아무 의심 없이 해온 일들이 도로 자연스러워지지 않는다. 자다 일어나면 문득 추위와 쓸쓸함을 느낀다.

감정에도 관성이 있어서, 어떤 상황이 반복되면 특정한 상황에 특정한 감정을 느끼게 되는 것 같다. 고통에 관해서는 스스로가 과묵한 편인 줄 알았다. 하지만 바탕 없이 비어 있는 이 백색 공간 앞에 홀로 앉을 때마다 수다쟁이가 되는 것 같다. 얼마 전에는 오랜만에 수상 소감을 쓸 일이 있었는데, 원고지 3매 내외의 짧은 토막글도 글쓰기에 대한 이야기로 시작한다. 말하자면 : 문필가라면 누구든지 자기가 앉을 책상 하나쯤 가지고 있어야만 합니다. 책상은 흡사 베틀처럼 작업자의 윗몸을 시시때때로 끌어당기기에. 수없이 많은 문필가들의 목뼈와 어깨, 등마루가 퇴행성 관절염 속에서 맥없이 우그러듭니다. 그래서 오늘날 제가 앉는 책상은 스테인리스스틸이나 원목 합판이 아니라 죽은 문필가들의 뼈다귀와 힘줄, 척추원반들로 이루어져 있습니다. 책장 가장 위쪽 선반에 신령처럼 모셔놓은, 지난 시대의 소설가들은 지금도 저를 내려다보고 있습니다. 뛰어난 책들은 이따금 작가보다도 오래 살아남아, 이렇게 각기 다른 방에서 여전히 울려 퍼집니다. 그러니까 소설은 저에게 목소리입니다. 문학이기 전에, 이야기이기 전에. 모든 시대는 그것에 어울리는 목소리를 가질 자격이 있습니다. 소설가는 어떤 목소리를 남길지 고민해야 합니다. 선택해야 합니다. 까마득한 미래까지 울려 퍼질 목소리는 오직 자기 자신과 부딪칠 때 영구적인 진동을 얻습니다……

　　다시는 예전으로 돌아갈 수 없을 것이다. 나는

오래 살아서 몹시 야위거나 일찍 죽어 뼛가루가 될 것이다. 다다르기 전까지는, 어디에 수렴하게 될지 알 수 없다. 나는 핼쑥한 모선에 지나지 않고, 가상의 종착지들을 점괘처럼 쥐고 흔들 수 있을 뿐이다. 지금 이 글이 결국 이렇게 종점에 도달하듯이. 수렴점을 향해 기우는 운명 하나하나를 생각하며.

해설

주술과 언어의 유물론

— 이소(문학평론가)

　　신종원의 세계에 대해 말해볼까. 무심코 자판을 두드리고서 멈칫한다. 왜 자꾸 그의 소설을 읽고 나면 그의 말투로 이야기하게 되는 걸까. 첫 번째 소설집의 해설을 쓸 때도 그랬지. 다시 감염된 모양이네. 아직 면역이 생기지 않았나. 아니면 혹시 이런 게 면역반응인가. 이런저런 생각들을 두서없이 주워 삼키며 내 글의 톤을 골라본다. 아마도 이게 다 규칙 때문일 것이다. 세계라고 부를 만한 것에는 반드시 규칙이 있기 마련이고, 만약 그것이 소설이라면 독자는 그 규칙에 물들기 마련이니까. 그리고 야심 있는 작가가 원하는 것은 바로 이런 것이다. 그는 메시지를 전하기보다 어떤 메시지든 만들어낼 수 있는 자신의 매체, 미디엄medium으로서의 세계가 현시되길 원한다. 여기에 걸려들면 이질적인 공기에 전염되어 잠시나마 내 세계의 규칙을 잊게 된다. 이런 감염에 취약한 나는, 나도 어디 한번 「아나톨리아의 눈」처럼 게임의 규칙을 만들어볼까 싶기도 했는데, 그게 또 쉬운 일은 아니다. 소설이 세계를 만들어내는 작업이라면, 비평은 세계를 만들어낸 바로 그 소설을 상대하는 과정에서 자기 세계의 규칙을 확인하는 작업이다. 그래서 비평가는 임의의 규칙을 창조해낼 수 없는 대신 소설의 규칙을 이해하거나 반박하거나 혹은 분석한다. 그러니 비평하는 사람들 가운데 주사위 던지기를 즐기는 사람은 흔치 않다. 그들에게는 더 적당하고 더 재미없는 다른 도구가 있다.

　　내 도구 중 하나는 좌표계. 내게는 소설을 읽을 때 머릿속으로 데카르트좌표 하나를 그려보는 버릇이 있다. x축과 y축으로 좌표평면을 만들고 그 위에 소설의 시선에 따라 점을 찍어본다. 점들의 연결을 살펴보면 소설이 위치하는 범위나 운동성 같은 것을 짐작해볼 수 있다. 대개 리얼리즘적 소설은 서사가 아무리 입체

적일지라도 좌표의 범위가 한정적이고 운동성도 일정한 방향을 보이지만, SF나 판타지 소설의 경우에는 좌표의 범위가 극단적으로 확장되거나 운동의 방향이 기대치에 역행하는 경우가 많다. 물론 이 경우에도 소설을 끝까지 다 읽은 후 x축과 y축의 눈금 간격을 잘 조정하면 좌표평면을 그릴 수 있다. 그러니까 지도에 비유하자면 대축척이든 소축척이든 지도의 축소비율은 다양하지만, 하나의 지도에서 축척은 일관되게 유지된다는 말이다. 그런데 종종 이 일관성이 보장되지 않는 소설들도 존재한다. 이런 소설들은 대체로 인터넷 서점 사이트에서 독자들에게 '난해하다'라는 비난과 '열렬한 팬이에요'라는 찬양을 동시에 받는다. 그리고 이 같은 소설 중 다수는 좌표평면에 점을 찍는 것 자체가 쉽지 않다. 소설이 좌표계에 편입되는 것을 거부하는 방식으로 구성되어 있기 때문이다.

그런데 신종원의 소설은 좌표계를 거부하지 않으면서도 효과적으로 좌표계를 교란한다. 정확히 좌표를 제시하는데도 일정한 간격으로 x축과 y축의 눈금을 고정할 수 없다는 점, 상세한 위치를 지시하는데도 한 장의 지도로 완성할 수 없다는 점이 그의 소설들의 특징이다. 이렇게 생각해보자. 만약 당신이 어떤 세계를 현미경과 망원경을 동시에 사용하여 관찰해야 한다면, 또는 하나의 지도에 대축척과 소축척의 서로 다른 비율을 번갈아 적용해야 한다면, 그 세계는 신비로울까, 섬뜩할까, 현기증이 날까. 우선 「마그눔 오푸스」의 첫 장면으로 가보자.

종족과 형태를 막론하고, 모든 포유류 태아는 생명의 줄기인 옴팔로스로 어머니와 연결된다. 탯줄은 난황낭 내부에 견과류처럼 웅크려 있던 초기 태아를 생화학 주머니 바깥으로 끄집어내며, 이후 35주 동안 이 신비한 생물의 배꼽 부근에서 좀처럼 떨어지지 않는다. 히알루론산과 콘드로이틴황산염으로 합성된 젤라틴 재질의 끈 모양 조직체는 태아와 모체─다시 말해, 안과 바깥을 이어주는 유일한 통로로 산소와 영양분을 전달하는데, 이런 과정에서 때때로 어머니의 정신과 꿈 또한 전송한다. 부드럽게 주름진 줄기 안에 두 가닥의 동맥과 한 가닥의 정맥이 흐르고 있기에. 모든 신호는 대체로 진동에 가깝다. 태아는 양전하로 부글거리는 어머니의 영적 주파수를 작은 축전기처럼 말없이 받아들인다. 수신자도 송신자도 오직 둘뿐인 통신용 터미널의 방대한 너비를 실감할 때마다 감전되어 부르르 떤다. 이 몸짓은 산부인과의들의 초음파 탐촉자에 감지되어 종종 아름다운 율동으로 해석된다. 그러나 그 모든 꿈이 반드시 즐겁고 만족스러운 경험을 주지는 않는다. 적어도 한 사람만은 그런 사실을 미리 알고 있었으리라. 지금 이 사람은 서울 모처의 자택에 누워 손자와 손을 맞잡고 있다. (9~10쪽)

고배율의 현미경으로 세포 단위의 인지질까지 샅샅이 훑다가 순식간에 공중으로 부양하여 망원경을 들여다보는 것. 혈관을 타고 흐르는 생화학적 전기 자극에 관해 논하다가 홀연히 정신과 꿈과 영적 주파수로 도약해버리는 것. 이것이 신종원이 세계를 열어젖히는 방식이다. 벤야민의 말처럼 "상상력이란 무한히 작은 것 속으로 파고 들어갈 줄 아는 능력이고, 모든 집약된 것 속으로도 새로운, 압축된 내용을 풍부하게 부여할 줄 아는 능력"이라면, 그러니까 상상력이란 "어떤 이미지든 접어놓은 부채로 여길 줄 아는 능력"*을 이르는 말이라면, 신종원의 세계는 좌표평면이나 지도보다 부채에 가까울 것이다. 우아한 합죽선에 혈족의 유구한 유전이 그려져 있고, 그것을 펼쳐 보면 접혀 있던 사이사이에 '태반에서 일어나는 물질교환'처럼 초고밀도로 압축된 정보들이 숨어 있다. 다시 이 부채를 뒤집어 보면 삶과 죽음, 탄생과 소멸의 운명적 연쇄가 부챗살을 이루며 서사의 장력을 지탱한다. 상세하고 화려하며 커다란 부채, 이것이 신종원 세계의 특징적인 형상이다.

　　주사위 게임으로 만들어진 직소 퍼즐 같은 세계(「아나톨리아의 눈」)는 지도라고 보기엔 해독이 난망하다. 퇴행성 질환을 겪는 대뇌의 미시적 세계와 별주부가 등장하는 신화적 세계의 중첩(「마그눔 오푸스」)은 좌표계로 옮기기엔 지나치게 낙차가 크다. 그러나 뇌세포의 도파민에서부터 용왕의 수중 궁전에 이르기까지 모든 것을 관찰할 수 있을 만큼 가시 범위가 극단적인 장비를 동원한다면 이 세계도 도표화되지 못할 이유는 없다. 그러다 보니 신종원의 세계에는 철저히 분리되어 있다고 믿었던 것들이 모조리 뒤섞여 들어온다. 물질과 비

---

* 발터 벤야민, 『일방통행로/사유이미지』, 김영옥·윤미애·최성만 옮김, 도서출판 길, 2007, 116쪽.

물질, 생물과 무생물, 탄생과 죽음, 과거와 현재 같은 대립쌍들이 하나의 구멍으로 쏟아져 들어오고, 그 함몰의 무게 때문에 '고요한 굉음'이 터져 나온다. 다종다양한 음향신호가 블랙홀을 향해 달려가는 소리는 흡사 '고밀도의 진공'처럼 상상 너머의 역설일 것이다. 팽팽한 역장力場에 한 점 소용돌이가 발생한다면, 그것은 소란스러울까 아니면 고요할까.

그렇다면 역장 가운데 한 점은 소멸의 인력일까. 작가는 자전적 에세이 「운명의 수렴」에서 언젠가 죽고 마는 우리의 운명과 언젠가 끝나고 마는 소설의 형식이 닮았다고 말한다. 이 말은 소설을 '지연된 죽음'이나 '지연된 결말'로 정의했던 피터 브룩스의 말과 유사하지만, 나는 그의 소설에 대해 조금 달리 생각하고 있다. 때로는 작가의 소설이 작가의 생각을 뚫고 나간다. 그는 "글이 결국 이렇게 종점에 도달하듯이, 수렴점을 향해 기우는 운명"에 대해 생각한다. 그러나 그가 만들어내는 세계는 죽음이라는 운명보다 더 복잡하고 매혹적인 운명을 향해 운동한다. 그의 소설들을 타나토스의 충동으로 달려가는 에로스적 현실이라 말하기는 어렵다. 그의 모든 소설은 단어와 문장의 수준에서부터 전체 서사의 흐름에 이르기까지 매 순간 삶과 죽음을 완벽히 겹쳐둔다. 그는 할아버지와 아버지의 '뼈'가 들려주는 '운명'에 대해 이렇게 말한다. "모든 인간의 종착지가 내 손안에 있었다. 얇고 오목한 뼈." 그러나 그의 소설은 언제나 '뼈'와 같은 물질성 위에 "세상에서 가장 우스운 농담"인 '영혼'을 불가분의 상태로 부착한다. 실은 그는 알고 있다. 그에게 소설을 쓴다는 것은 운명에 관해 농담으로 대응하는 것임을. 그에게 소설가가 된다는 것은 뼈라는 운명을 알고도 영혼이라는 농담을 정성껏 빚는 사람이 되는 것임을.

손자의 태몽으로 황금 잉어를 건져 올린 늪이 곧 자신의 살점과 영혼을 헌납할 박테리아와 용왕의 소유(『마그눔 오푸스』)라는 사실, 소설가의 게임으로 활짝 열려버린, 순식간에 증식하고 확장하는 세계에 기록된 진리 중 하나가 "모든 생명이 종래에는 암흑 속으로 처박히는 것"(『아나톨리아의 눈』)이라는 사실은 언뜻 삶이 죽음을 향한 일방향의 철로에 놓인 듯 보인다. 그러나 이 모든 것은 역방향으로도 진행된다. 또다시 누군가는 태몽을 꾸고 늪에서 삶을 훔칠 것이고, 게임으로 만들어진 열 개의 이야기는 "새로운 십면체 주사위"가 되어 보드 위를 구를 것이다. 그러니 좀 더 정확하게 말하자면, 삶이 죽음을 향해 수렴하는 것이 아니라 삶과 죽음이 한곳으로 수렴하는 것이다. 이것은 같은 말이 아니고, 어쩌면 이 수렴의 역장이야말로 신종원 세계의 토대일 것이다.

지금까지 우리가 이야기한 것은 이 세계의 특징적인 형상, 즉 세계상이다. 그런데 앞서 언급했다시피 이 세계가 '이미지와 음향으로 가득 찬 진공'처럼 역설적인 침묵으로 감각되는 것은 이 현란한 색조와 리듬이 엄격한 규칙에 따라 잘 정돈되어 있기 때문이기도 하다. 다시 말하지만, 세계라고 부를 만한 것에는 반드시 규칙이 필요하고, 그 규칙은 세계를 제한한다. 그러니 이제 규칙에 대해 말해본다.

누구나 이런 경험이 있을 것이다. 슬픔과 억울함으로 가득 차 정신없이 글을 써 내려간 일. 이럴 때 우리는 잊지 않기 위해 종이 위에 기억을 새기고 있는 걸까, 아니면 잊기 위해 종이 위로 기억을 추방하고 있는 걸까. 혹은 누군가를 향해 사랑한다고 속삭였던 일도 있을 것이다. 그럴 때 우리는 소중한 그 사랑이 바깥세상으로 나와 점점 더 자라나길 바랐을까, 아니면 버거운 그 사랑이 건조한 외풍을 맞아 조금씩 증발하길 바랐을까. 무의식과 의식 사이의 경계가 뚜렷하지 않음을 직감하는 순간은 바로 이런 순간이다. 우리는 언어를 사용하기 위해 지불해야 하는 것이 있음을 안다. 언어를 사용하면 기체처럼 부유하는 것을 고체처럼 결정화할 수 있다는 것도, 그러나 그 과정에서 반드시 잃는 것이 있다는 것도 안다. 말을 할 때, 글을 쓸 때, 언어를 물질화할 때, 우리는 교환을 의식한다. 매번 거래의 내용은 달라지지만, 우리는 언어를 사용하기 위해 늘 대가를 지불해왔다. 그래서 때때로 어떤 말은 아무리 노력해도 성대나 혀의 어디쯤 걸려 나오지 못한다. 아직 무언가를 잃을 각오가 없기 때문이다.

신종원의 세계를 지배하는 규칙이 이와 같다. 영매는 영혼을 고정해주는 걸까, 쫓아버리는 걸까, 무당은 망자의 음성을 들려주는 걸까, 덮어버리는 걸까. 「고스트 프리퀀시」에서 시인 박지일과 소설가 신종원이 맞닥뜨린 상황처럼, 문학은 대상을 지켜주는 걸까, 지워버리는 걸까. 작가는 부여하는 자일까, 박탈하는 자일까. 어느 쪽이든 변치 않는 사실 하나는, 무언가를 읽고 쓰고 저장하는 것은 그것을 '변환'하는 작업이라는 것이다. 재현은 재현 대상을 사라지게 함으로써 나타나게 한다. 첫 번째 소설집의 해설에서 나는, 이 세계의 절댓값은 '매체'이며 심지어 유령이나 악마조차 매체에 의해서만 나타날 수 있다고 말했는데, 이 규칙은 두 번째 소설집에서 더욱 확장되어 여전히 성립한다. 그리고 우리가 살아가는 세속의 세계에 '재현'이나 '변환'이라는 말보다 더 어울리는 말은 '거래'일 것이다. 목숨 하나에 목숨 하나(「마그눔 오푸스」), 목소리 하나에 목소리 하나(「고스트 프리퀀시」)라는 규칙은 거래라는 말이 아니면 설명할 방법이 없다. 물론 주사위 한 번에 이야기 하나(「아나톨리아의 눈」)라는 규칙은 게임의 규칙이지만, 게임에 지고 손목을 내놓아야 했던 도박꾼들을 생각하라. 규칙을 준수하며 진퇴의 결과를 수용하는 게임이야말로 거래의 원형이라 하지 않을 수 없으니, 이 세계의 절대적 규칙은 거래이고 모든 거래에는 대가가 있다. 탄생은 죽음을 지불하며 이루어지고, 살기 위해 달아둔 외상값은 반드시 상환을 기다린다. 이렇게 신종원의 세계에서는 주술적인 것들조차 합리적으로 작동한다. 그의 소설은 합리적인 것들 사이에 비합리적인 것을 끼워 넣어 독자가 놀라기를 기대하지 않는다. 오히려 비합리적인 것들을 합리적인 규칙에 따라 배치하여 모든 영역에 거래의 법을 집행한다.

　　그런데 주술이 정말 비합리적인 것인가. 내게는 대가를 각오해야 발화 가능한 언어와 상호 거래를 통해 발효되는 주술이 크게 달라 보이지 않는다. 훼손할 수 없는 거래 규칙, 이 지극히 엄격한 교환경제는 언어와 주술이 딛고 있는 공통의 토대다. 부르는 소리에 답을 하는 순간 성립되는 '이름'은 가장 흔하고 손쉽게 사용되는 주술이고, 소설을 비롯한 문학은 가장 오랫동안 유지되어온 거대한 주술판이자 거래판이다. 만약 '세계가 나의 외부에 실체로 존재하고 나는 다만 그것을 쓴다'고 믿는 자가 있다면, 그는 작가가 아니라 단지 문서 작성자임을 기억하라. 글을 쓰는 자는 사라지는 것으로 대가를 치르고 나타나는 것으로 권능을 얻는다. 이토록 이해 가능한 규칙을 준수하며, 신종원의 세계는 낯선 놀라움을 유발하는 대신 낯선 세계를 수립하는 데 성공한다. 규칙 없이 세계를 창조하는 이가 신이라면 규칙 속에서 세계를 구성하는 이가 작가이니, 이 책에 실린 모든 소설은 글쓰기에 대한 알레고리라 해도 틀리지 않고, 우리의 세계에 대한 이본異本이라 해도 지나치지 않을 것이다. 이 절대적인 세계, 공짜가 없는 세계, 무릅써야 하는 세계, 앞면이 뒷면인 세계. 바로 이 세계가 에로스와 타나토스가 굉음을 내며 함몰하는 우리의 세계이자 작가 신종원의 엄결한 주술적 유물론의 세계다.

트리플 9

고스트 프리퀀시
© 신종원, 2021

초판 1쇄 인쇄일 2021년 10월 6일
초판 1쇄 발행일 2021년 10월 15일

지은이 · 신종원

펴낸이 · 정은영
편집 · 정수향 김정은 정사라
마케팅 · 최금순 오세미 김하은
제작 · 홍동근
펴낸곳 · (주)자음과모음
출판등록 · 2001년 11월 28일
　　　　　제2001-000259호
주소 · 경기도 파주시 회동길 325-20
전화 · 편집부 02) 324-2347
　　　　경영지원부 02) 325-6047
팩스 · 편집부 02) 324-2348
　　　　경영지원부 02) 2648-1311
이메일 · munhak@jamobook.com

잘못된 책은 교환해드립니다.
저자와의 협의하에 인지는 붙이지
않습니다.

ISBN 978-89-544-4764-5 (04810)
　　　　978-89-544-4632-7 (세트)